Das teuflische Werkzeug

Das teuflische Werkzeug

Eine literarische Chronik von
Michael Kirchschlager
Illustrationen
von
Peter Albach

burgverlag zu weissensee in thüringen

Meinem Großvater gewidmet

Impressum

1. Auflage 1995
Copyright by
Burgverlag zu Weißensee in Thüringen
und Michael Kirchschlager

Umschlaggestaltung: Lothar Freund
Zeichnungen: Peter Albach
Druck: Weimardruck GmbH
Lektorat: Birgit Freudemann

Burgverlag zu Weißensee in Thüringen
An der Promenade 2, 99631 Weißensee/Thür.
Telefon/Fax: 03 63 74 - 2 70 95
ISBN 3-931303-01-2

Inhaltsverzeichnis

❧

„dar wart erst bekannt den Dudeschen dat werk dat triboc heitet"

Magdeburger Schöppenchronik

Die Verschwörer

かん

In Thüringen herrschte einst ein Fürst, der sich durch ritterliche Vor-
trefflichkeit auszeichnete und der in der Gesellschaft hohes Ansehen
genoß. Herz und Sinn gaben es ihm ein, stets größte Freigebigkeit zu
üben. Ihm gehörten Burgen und weite Ländereien, aus denen ihm
reiche Abgaben zuflossen. Ritterliche Turniere waren ihm eine Freude.
Er hieß Hermann, konnte er doch, wenn es nötig war, schnell ein starkes Heer zusammenbringen. Sein Name war in aller Munde. Es sei
euch gesagt, daß er Landgraf von Thüringen war. Auf ihn und die
Würde seines Amtes war das Volk stolz, zumal sein Sinn nach Frieden
stand und er alle Unruhe im Lande beseitigte. Jegliche Fürstentugend
nannte er sein eigen. Er stammte aus hohem Geschlecht. König Ottokar von Böhmen, der später leider erschlagen wurde, war sein Vetter.
Bedarf es weiterer Worte?

Von einem unbekannten Dichter aus dem 14. Jahrhundert

Prolog

٢٨

Als an einem 28. September des Jahres 1197 Kaiser Heinrich, Sohn des Stauferkaisers Friedrich Barbarossa, in Messina starb, konnte niemand ahnen, in welche Ohnmacht das Reich fallen sollte.

Obwohl von schwächlicher Statur, gelang es Heinrich, die imperiale Politik seines Vaters fortzuführen. Er legte sich mit Gott und der Welt an. Höchst gefährliche Fürstenoppositionen wurden provoziert und niedergeschlagen, der englische König Richard Löwenherz gefangengenommen und gegen ein Lösegeld von einhunderttausend Silbermark ausgeliefert. Einem sizilianischen Verräter soll er gar in Anwesenheit seiner Gemahlin eine glühende Krone auf den Kopf genagelt haben. Zuletzt war er der Führer eines Kreuzzuges.

Doch seine Macht stand auf tönernen Füßen.

Durch die Abkehr von der nationalen Politik und der Hinwendung zu Italien, mit dem Ziel, ein Mittelmeerreich zu gründen, kam es nach seinem Tod zu einem Streit, in dessen Folge die beiden mächtigen deutschen Geschlechter, die Staufer und die Welfen, verwickelt waren. Es ging um den Thron, weshalb es nicht verwunderlich ist, daß diese zermürbenden, das Reich destabilisierenden Kämpfe als staufisch-welfischer Thronstreit in die Geschichte eingingen.

Es geriet der ganze Erdkreis in Verwirrung, und viele Übel und Fehden, die lange Zeit danach fortdauerten, erwuchsen daraus.

Bereits ein Jahr nach Kaiser Heinrichs Tod kam es in Deutschland zu einer zwiespältigen Königswahl. Auf der staufischen Seite wählte man Philipp von Schwaben, den Bruder des verstorbenen Kaisers, zum König. Die welfische Partei dagegen erkor den Grafen Otto von Poitou, einen Sohn Heinrichs des Löwen, zum Herrscher.

Schließlich konnte sich nach langwierigen Auseinandersetzungen Philipp als König behaupten.

Des Reiches Glück währte jedoch nicht ewig. Mit der Ermordung Philipps im Jahre 1208 verloren die Staufer die Krone, und der Welfe Otto folgte auf dem Königsthron.

Doch auch diesem – im Jahre 1209 zum Kaiser gekrönten – Monarchen hielten die Fürsten nicht die ewige Treue. Einer, der aus des Reiches Schwäche den großen Nutzen ziehen wollte, war Landgraf Hermann von Thüringen. Dieser Fürst wechselte in den Jahren des Thronstreites nicht weniger als siebenmal die Parteien, stets darauf bedacht, neue Ländereien, Städte und Burgen zu gewinnen. Sowohl von Philipp als auch von Otto erhielt er Nordhausen, Mühlhausen, Saalfeld und das Schloß Ranis, zum Nachteil der Bürger, denn Hermann und seine Vögte preßten ihnen   hohe Steuern ab.

Von diesem über ein großes Territorium herrschenden Fürsten, dem Landgrafen Hermann von Thüringen, mit dem sich zu Beginn des 13. Jahrhunderts nur wenige messen konnten, und seinem erbitterten Kampf gegen den Kaiser Otto soll nun die Rede sein.

Das Spiel im Baumgarten

ॐ

Seine Familie aus gutem Grund in Weißensee zurücklassend, war Landgraf Hermann mit einigen seiner Getreuen nach Nürnberg zu einem Fürstentag geeilt. Hier sollte erneut darüber beraten werden, wie man zu Otto, dem Kaiser, stehen wollte. Papst Innocenz hatte die deutschen Fürsten aufgefordert, von Otto abzufallen. Hermann von Thüringen war bereits auf dem Fürstentag zu Bamberg, neben dem Erzbischof von Mainz und dem König von Böhmen, für eine Absetzung Ottos und die Wahl Friedrich Rogers zum neuen deutschen König eingetreten, den man auch das Kind von Apulien nannte und der ein Sohn des 1197 verstorbenen Kaisers Heinrich war.

Da man sich aber nicht einigen konnte, war man unverrichteter Dinge auseinandergegangen. Hier zu Nürnberg würde man sich jedoch einigen müssen. Der Ausgang dieser Versammlung würde über das weitere Schicksal des Reiches bestimmen. Sollten wiederum Übel und harte Fehden das Land überziehen oder der Frieden die Oberhand gewinnen? Doch alles sprach für eine Absetzung Ottos, und das hieß Krieg.

Die Gemahlin des Landgrafen, Sophie, hielt sich von der Politik ihres Mannes fern. Sei es, weil man ihr zu verstehen gegeben hatte, sich zurückzuhalten, oder sei es, weil sie die nicht kalkulierbaren Wutausbrüche Hermanns fürchtete. Doch angesichts des Geredes am Hof blieb ihr kaum etwas von den politischen Ränkespielen des Landgrafen verborgen. Und so verwundert es nicht, daß sie für manche Leute zu einer äußerst interessanten Person wurde. Wenn man es geschickt anfing, konnte man von ihr wichtige Informationen erfragen. Nichts täuschte darüber hinweg, daß Sophie zwar gebildet und fromm war, dafür aber um so schlechter lügen konnte. Eine zufriedenstellende Antwort deutete schon ihr nervöses Spiel mit den Fingern an, ein Niederschlagen der Lider oder ein überschnelles Erröten der Wangen. Sie galt allen am Thüringer Hof als der ruhende Pol.

Diesen wahrscheinlich letzten wunderschönen Tag des Jahres 1211 wollte die Landgräfin noch einmal für einen Ausflug in den am Ufer des Weißen Sees gelegenen herrschaftlichen Baumgarten nutzen. Dort, unterhalb der Burg, hatte sie so manche Stunde verbracht, den landgräflichen Hof mit all seinen Intrigen, mit all dem Gesindel, das ihr Gemahl um sich geschart hatte, hinter sich gelassen. Im Baumgarten, in dem ein prächtiges hölzernes Haus und ein Brunnen standen und den eine mannshohe Mauer umgab, fand sie Ruhe und Abgeschiedenheit. So auch an diesem Tag.

Während die Frauen und Jungfrauen aus dem Gesinde der Landgräfin, in lange Gewänder gehüllt, Schutz im Schatten der Bäume suchten, die es in dem Garten so zahlreich gab, gingen die Ritter und Knappen oben auf der Burg, in schweren Rüstungen steckend, ihren Waffenübungen und Vorbereitungen auf den möglicherweise kommenden Krieg nach.

Weithin war ihr Kampflärm zu hören. Doch von dem Schwertergeklirr und Kettenhemdengerassel war im herrschaftlichen Baumgarten nichts zu vernehmen. Einige Hoffräulein stickten bunte Tücher, die sie ihren Liebsten schenken wollten, andere schlummerten und träumten von den süßesten Sachen. Zwei auserwählte Damen spielten mit der ungarischen Prinzessin Elisabeth, die mit Hermann, einem Sohn des Landgrafen, vermählt werden sollte.

Die Landgräfin selbst hatte sich ins Haus zurückgezogen und lauschte, bequem auf einem mit zahlreichen Kissen übersäten Bett ausgestreckt, den Versen und den Melodien eines Sängers, der vor dem Portal im Grase saß und von Zeit zu Zeit Kostproben seines Könnens gab.

Er sang vom Reif, der den kleinen Vögeln weh tat und von Blumen, die mit dem Klee stritten, wer wohl höher stünde.

Er sang nicht von Unkraut oder gar Affen, – nicht vor der Landgräfin.

Sophie bedauerte bei diesen wohlklingenden Versen, daß der Sänger sie in Kürze verlassen wollte, um, wie er sagte, die Dame seines Herzens aufzusuchen. Am Lohn konnte es nicht liegen, denn ihr Gemahl hatte den Sänger großzügig bedacht.

Die Idylle wurde abrupt unterbrochen. Der Ritter, der das Tor zum Baumgarten bewachte, näherte sich mit plumpen Schritten dem Haus, vor dem der Künstler saß und in dem die Landgräfin ruhte. Sein Blick fiel auf den Sänger, und darin lag etwas Verächtliches und Abwertendes. Er murmelte unverständliche Worte. Dann wandte er sich ab und pochte kurz gegen die Tür.

„Herrin, gestattet mir einzutreten!"

„Kommt herein, Herr Dietrich", antwortete ihm die Landgräfin, während sie sich von ihrer Ruhestätte erhob und das Haar zurechtrückte. Sie war mißmutig über die Störung, trotzdem ließ sie sich beim Eintreten des Ritters nichts anmerken.

„Was habt ihr mir zu vermelden?"

„Graf Friedrich von Beichlingen hält sich mit geringem Gefolge am See auf und läßt anfragen, ob ihr, edle Herrin, Muße habt, ihn zu empfangen, damit er euch seine Aufwartung machen könne."

Die Landgräfin war ob dieses zufälligen Besuches erstaunt. Friedrich von Beichlingen, dessen Burg nicht weit entfernt stand, zählte zu den mächtigsten Grafen Thüringens.

Landgräfin Sophie schätzte diesen hinterhältigen Schmeichler nicht sonderlich, der sich in nichts von den anderen Mächtigen unterschied, allein sie hoffte, wenn dieser schöne Tag schon ein Ende finden sollte, so doch wenigstens ein interessantes Gespräch mit dem Grafen zu führen. Auch hatte sie schon so manches Mal in dem Beichlinger einen fast ernstzunehmenden Gegner im Schachzabel gefunden.

Sophie beschloß, den Grafen zu einer Partie herauszufordern. Glücklicherweise hatte sie einer Hofdame aufgetragen, das Brett und die Figuren für den Ausflug einzupacken.

„Bestellt dem Grafen von Beichlingen, daß ich ihn empfange!"

„Sehr wohl, Herrin!" anwortete Herr Dietrich und entfernte sich.

Die Landgräfin trat aus dem Haus, rief die Hofdame, gebot ihr das Schachspiel zu holen und unter einem großen Baum aufzustellen. Zu dem Sänger gewandt, sprach sie:

„Herr Walther, ich werde sogleich den Grafen von Beichlingen empfangen. Ich möchte, daß ihr uns Gesellschaft leistet."

Der Sänger, den die Landgräfin mit „Herr Walther" angesprochen hatte, verneigte ehrfurchtsvoll sein Haupt und antwortete:

„Edle Herrin, nichts ist mir lieber, als euch Gesellschaft zu leisten und euch, wenn ihr es wünscht, mit meinen Liedern zu erfreuen."

Die Landgräfin lächelte. Sie hörte die Lieder des Sängers gern.

„Später. Erst werde ich den Grafen von Beichlingen empfangen."

Friedrich von Beichlingen betrat mit suchenden Augen, in denen eine gewisse Spannung lag, den Baumgarten. Doch schnell lockerten sich seine Züge auf. Er war nicht von ungefähr an den Weißen See geritten. Er hatte gehofft, die Landgräfin hier zu treffen, zumal er wußte, daß der landgräfliche Hof in Weißensee weilte und der Landgraf, wie ihm sichere Quellen berichteten, außer Landes war. Der Grund dafür blieb allerdings im dunkeln. Ihn galt es herauszufinden.

Seine Blicke hatten nach landgräflichen Rittern gesucht, die ihm bei seinem Vorhaben in die Quere hätten kommen können. Er war mehr als erleichtert, keinen von denen zu sehen. Ein Schenk von Vargula oder ein Heinrich von Weißensee, der landgräfliche Notar, hätten sein Spiel schnell durchschaut. Von dem Ritter aber, der das Tor bewachte, drohte keine Gefahr. Der war zwar ein guter Kämpfer, obwohl ihm ein Roß zwei Finger abgebissen hatte, in seinem Kopf jedoch herrschte unendliche Leere.

Der Sänger, den der Beichlinger neben der Landgräfin erblickte, war keiner von denen, die er jemals am Thüringer Hof gesehen hatte. Er konnte demnach kaum ein Vertrauter oder gar Berater der Landgräfin sein. Also war er nicht von Bedeutung und somit keine Gefahr. Friedrich von Beichlingen wußte nicht, daß der Sänger Walther sehr wohl das Vertrauen der Landgräfin genoß.

Nachdem Friedrich der Landgräfin seine Aufwartung gemacht hatte, drohte das Gespräch in allgemeine Floskeln abzugleiten, aber geschickt konnte die Landgräfin das Interesse des Beichlingers auf eine Partie Schach lenken. Diesem kam das Angebot – oder sagen wir besser – die Herausforderung recht. Konnte man beim Schach doch viel ungezwungener und mit einer gewissen Zweideutigkeit die verschiedensten Dinge besprechen.

Die Landgräfin war durch ihre feine höfische Erziehung eine wahre Meisterin dieses Spiels. Sie ließ keine Gelegenheit aus, die Figuren über das Brett zu schieben, obwohl sie in den Rittern und Getreuen ihres Gemahls kaum ernsthafte Gegner fand, waren das doch mehr rauhe und manches Mal auch sehr ungebildete Haudegen, die lieber jagten, würfelten, den ehrbaren Frauen nachstellten oder bis zum Umfallen dem landgräflichen Wein zusprachen.

Der Sänger war für sie ein ebenbürtiger Gegner. Mit ihm hatte sie unzählige Partien gespielt. Nun saß ihr Friedrich von Beichlingen gegenüber, ein alter Feind und neuer Freund des Hauses, dem nicht zu trauen war.

Der Beichlinger wagte gerade einen sehr riskanten Zug. Würde Sophie seine Finte erkennen?

Diese neigte ihren Kopf leicht zur Seite und hob die Brauen.

„Was", fragte sie fast mehr zu sich selbst, „führt ihr im Schilde, Friedrich von Beichlingen?"

Die leise Frage der Landgräfin wohl hörend, antwortete er:

„Ich kann es euch nicht sagen, denn dann würde ich das Spiel verlieren, und es verlöre seinen Sinn und seinen Reiz."

„Ihr seid nicht nur auf dem Spielbrett geschickt. Ihr versteht es auch, die richtigen Worte zu wählen."

Dem Beichlinger schmeichelte dieses Lob.

„Wenn man gewinnen will", antwortete er, „oder wenn man auch nur überleben will, muß man alle zur Verfügung stehenden Mittel einsetzen."

„Alle?"

Die Landgräfin stimmten diese Worte nachdenklich. Dieser Mann war nicht zum Schachspiel hier, geschweige denn, seine Aufwartung zu machen. Was wollte er? Was waren seine Absichten?

Durch diese Gedanken abgelenkt, übersah sie die Finte. Mit eiskaltem Lächeln nahm der Graf ihren Roch vom Brett.

„Ihr werdet verlieren", sagte er.

„Noch kann ich gewinnen, wenn ich keine weiteren Fehler mache."

„Ich wünsche es euch. Ist es beim Schach doch ähnlich wie beim Kampf um den Thron. Nur einer kann König sein."

„Das ist richtig. Doch es sind die Türme, die für den König kämpfen. Und ich habe noch einen Roch."

„Wenn ein Roch für einen schwachen oder den falschen König streitet, wird er früher oder später fallen. Für einen Roch wäre es günstiger, könnte er zur richtigen Zeit die Seiten wechseln. Dann stünde er am Ende des Spiels doch noch auf der Gewinnerseite."

Friedrich von Beichlingen machte eine kurze Pause, um dann fort-
zufahren:

„Zum Glück können die Rochs im richtigen Leben die Seiten
wechseln, wie euer Gemahl, edle Herrin."

Die Landgräfin zuckte zusammen. Jetzt mußte sie in der Wahl
ihrer Worte vorsichtig sein. Ihr Gemahl, Landgraf Hermann, befand sich in Nürnberg und führte Verhandlungen, die, egal wie sie
ausfallen würden, vorerst geheim bleiben sollten.

Die Landgräfin spürte, wie sich eine verräterische Röte ihres sonst
so weißen Teints bemächtigte. Ihre Finger begannen zu zittern.

Zum Glück kam ihr Herr Walther, der Sänger, zu Hilfe.

„Wenn ich mir erlauben darf, edle Herrin, möchte ich euch einen
Zug vorschlagen."

Erleichtert atmete die Landgräfin auf.

„Ihr dürft, Herr Walther, ihr dürft."

Der Zug, den ihr Herr Walther vorschlug, eröffnete die Möglichkeit, auch einen Roch des Grafen zu schlagen.

Gravitätisch nahm die Landgräfin die Figur vom Brett.

Damit hatte der Beichlinger nicht im mindesten gerechnet. Dieser
Sänger war gefährlicher, als er anfangs geglaubt hatte. Er mußte
versuchen, ihn loszuwerden. Doch das ließ die Landgräfin nicht
zu. Sie behielt in diesem Spiel die Oberhand, dank der klugen
Strategie. Der Beichlinger verlor Figur um Figur und gab sich letzten Endes geschlagen.

Da der Tag zur Neige ging, äußerte die Landgräfin den Wunsch,
aufzubrechen und zur Burg zurückzukehren.

Nur zu gerne hätte der Beichlinger etwas von ihr erfahren, aber
das Begehren der Landesfürstin mußte er respektieren.

Als er sich von ihr verabschiedete, klangen seine letzten Worte
kurz angebunden:

„Ihr habt noch ein Spiel bei mir offen, edle Herrin."

Sophie konnte sich ein hämisches Lächeln nicht verkneifen.

„Jederzeit, Graf Friedrich. Ich werde euch dann empfangen".
Was der Beichlinger in diesem Augenblick dachte, soll aus vielerlei
Gründen lieber verschwiegen werden.

Der springende Wolf

❧

Friedrich von Beichlingen war an diesem letzten Septembertag mehr als nervös.
Rastlos ging er in dem Saal seines steinernen Hauses hin und her, nachsinnend, ob er Hermann von Thüringen den Rücken kehren und das verlockende Angebot des kaiserlichen Dapifers, das ihm ein Unterhändler kurz nach seinem Besuch bei der Landgräfin am Weißen See unterbreitet hatte, annehmen oder ob er sich im Streit zwischen Kaiser und Landgraf weiterhin neutral halten sollte.
Hermann von Thüringen hatte die Seiten gewechselt, er war öffentlich vom Kaiser abgerückt. Dies zu erfahren, war er an den Weißen See geritten. Doch nichts war von der Landgräfin zu vernehmen. Der Sänger hatte sein Spiel zunichte gemacht. Der Elende! Doch wenn schon. Nun wußte er, wie die Sache stand. Der Kaiser selbst bot ihm für seine Treue Geld.
Von Landgraf Hermann hatte er noch im letzten Jahr 300 Mark Silber dafür erhalten, daß er sich bei kommenden Kämpfen neutral verhielte. 300 Mark Silber waren eine hohe Summe, und er hatte nicht gezögert, sie anzunehmen.
Obendrein versicherte er sich dadurch des Friedens mit dem Landgrafen. Dieser Frieden war für ihn notwendiger denn je.
Die Landgrafen von Thüringen waren für die Beichlinger spätestens seit dem massiven Ausbau von Weißensee im Jahre 1168 durch die Landgräfin Jutta Claricia, einer Schwester des Kai-

sers Friedrich Barbarossa und ihres Gemahls, Landgraf Ludwig, zu einer steten Bedrohung geworden. Mit der Macht des Landgrafenhauses konnten sich die Beichlinger nicht messen. Zwar unterließen sie nichts, um dem Hause Hermanns zu schaden, in einen offenen Zwist jedoch traten sie nicht.

Selbst politisch wäre das sehr unklug gewesen, waren die Landgrafen durch die verwandtschaftlichen Beziehungen zum staufischen Kaiserhaus höchst protegiert. Zumindest war das noch unter Hermanns Vorgänger, seinem Bruder Ludwig, so. Hermann jedoch verfolgte andere Ziele. Auf Kosten des Reiches versuchte er sein Territorium zu erweitern. Anfangs vom Glück begünstigt, brachte ihm das die Reichsstädte Nordhausen, Mühlhausen und Saalfeld sowie die Burg Ranis ein. Doch dann verließ ihn im Ränkespiel der Macht das Kriegsglück, und er verlor durch den Rückzug seines Verbündeten, des böhmischen Königs Ottokar, bei Arnstadt, das soeben Erworbene. Weißensee, damals hart umkämpft, ließ sich nicht mehr halten, und Hermann mußte sich unterwerfen. In Ichtershausen tat er vor König Philipp von Schwaben den Kniefall.

Jetzt war die Sache eine völlig andere. Hermann war dem Welfen Otto zum Feind geworden. Dieser hatte vor wenigen Wochen seinen Dapifer nach Thüringen gesandt, der nach der Besetzung von Nordhausen und Mühlhausen damit begonnen hatte, verheerende Einfälle in das Land des Landgrafen zu unternehmen.

Der Kaiser selbst mußte seinen erfolgreichen Kriegszug in Apulien vorzeitig abbrechen und marschierte nun mit seinem siegreichen Heer nach Deutschland, um – wie es hieß – den Landgrafen, den Verräter, zu strafen.

Hermann konnte kaum noch mit Unterstützung rechnen. Der Erzbischof von Mainz, sein Bundesgenosse, war unterworfen und Thüringen, mit Ausnahme einiger Burgen und Städte, fest in der

Hand der Kaiserlichen. Hermann war isoliert und stand kurz vor dem Untergang.

Nur er, Friedrich von Beichlingen, hielt sich noch zurück. Er erkannte aber auch die große Möglichkeit, an der Seite des Kaisers diesen gefährlichen Feind aus früheren Tagen für immer aus dem Weg zu räumen. Obendrein wurde ihm dafür noch Geld geboten! Heute würde er, Friedrich von Beichlingen, eine Entscheidung fällen müssen, denn er erwartete in den nächsten Stunden den kaiserlichen Dapifer, um, wie man vereinbart hatte, Gespräche zu führen. Der Beichlinger beschloß, bevor er eindeutig Stellung bezog, die Verhandlungen abzuwarten und der Dinge zu harren, die da kommen sollten.

Vielleicht würde ihm die Entscheidung leicht gemacht?

Vielleicht würde ihm die Entscheidung gar nicht schwerfallen?

In diesen Zeiten hieß es, klug und schnell zu entscheiden.

Friedrich von Beichlingen ging an eines der Fenster und legte die Ellenbogen auf und verfolgte, noch immer in Gedanken versunken, das Tun und Treiben seiner Besatzung. Lange konnte es nicht mehr dauern, bis der kaiserliche Dapifer, aus Mühlhausen kommend, eintreffen würde.

Ein Netz der Verschwörung spannte sich nicht nur von der Seine und vom päpstlichen Rom aus um den Kaiser, der thüringische Landgraf suchte daneben auch durch kluge, weitreichende Eheverbindungen neue Verbündete für den folgenschweren Kampf zu gewinnen.

Fast gleichzeitig setzten sich im Jahr 1211 seine Gesandten in Richtung Ungarn und nach Anhalt in Bewegung. Eine Gesandtschaft unter der Führung des Schenken Walther von Vargula und Meinhart von Mühlberg hatte die Burg Preßburg, eine Residenz des Königs Andreas von Ungarn, zum Ziel.

Andreas war ein launenhafter Herrscher, von unermeßlicher

Machtgier getrieben. Seine Frau Gertrud, aus dem Haus Andechs-Meran, stand ihm in nichts nach. Der König steckte wegen seines Kreuzzuggelübdes und permanenter, finanzieller Nöte in außenpolitischen Schwierigkeiten. Seine zu Maßlosigkeit und Ausschweifung neigende Frau übte zusammen mit ihren Geschwistern immer mehr die Regierungsgeschäfte im ungarischen Königreich aus. Für ihr eigenes Wohlleben und das ihrer Verwandten verschwendete sie die königlichen Schätze. Als eines Tages die thüringischen Boten in Preßburg anlangten und vom Reichtum des Thüringer Landes sprachen, von fischreichen Seen, großen, an Wildbret reichen Wäldern, guten Dörfern und prachtvollen Burgen, kam man schnell überein, die kleine Prinzessin Elisabeth mit Hermann, dem gleichnamigen Sohn des Landgrafen zu vermählen. Neben ungeheuren Schätzen brachten die landgräflichen Ritter, als Hermann sie in Eisenach empfing, auch Tausend Mark Silber mit. Das ungarische Königspaar versprach sich von dieser Verbindung viel. Gertrud selbst konnte keine Früchte davon ernten. Im Jahr 1213 wurde sie von Verschwörern, die des Regiments der Königin überdrüssig waren, regelrecht zerhackt.

Brachte diese Verlobung für Landgraf Hermann zwar keine militärische Hilfe ein, so stieg doch sein Ansehen. Anders war es mit der Hochzeit seiner Tochter Irmengard mit dem Grafen von Ascharion, Heinrich von Anhalt. Der junge Askanier war aus Berufung ein erbitterter Feind der Welfen. Schnell nahm er das Angebot an, die Tochter des Fürsten Hermann zu ehelichen. Die Hochzeit ward im selben Jahr gefeiert. Heinrich von Anhalt, der durch die Mißhandlung des Nienburger Abtes 1220 berühmt berüchtigt wurde, kam mit der anhaltinischen Ritterschaft seinem Schwiegervater zu Hilfe. Er sollte zu den mutigsten Verteidigern der Burg Weißensee zählen. So sah Landgraf Hermann im Jahr 1211 zwei seiner Kinder unter der Haube. Ärgerlich für ihn war nur, daß König Philipp August von Frankreich bereits 1210 eidlich gelobt hatte, eine seiner Töchter zu heiraten, jene aber so häßlich war, daß der Franzosenkönig von dem Schwur zurücktrat und ihn mit einer Summe Geldes abfand.

Der Kaiser hing nun wie ein gefangenes Tier im Spinnennetz. Würde nicht massive Hilfe aus England kommen von König Johann, drohte die Zahl der Feinde übermäßig zu werden. Die größte Gefahr lauerte jedoch in Gestalt der fetten thüringischen Spinne. Sie galt es abzuschütteln oder zu zertreten.

Nachdem die etwa zweihundert bewaffneten Reiter die Stadt Mühlhausen hinter sich gelassen hatten, wandten sie sich nach Osten, dem Gebiet des Landgrafen Hermann von Thüringen zu. Unter den Kriegern herrschte eine ungemein gute Stimmung, galt es doch die Abenteuer der letzten Nacht, besonders die Abenteuer mit den Mühlhäuserinnen, zu besprechen. So mancher derbe Witz wurde an diesem Tag geboren. Der übermütige Trupp bestand neben einigen Mühlhäuser Reitern vornehmlich aus sächsischen Rittern und ihrem Gefolge.

Ihre Farben ließen sie schon von weitem als solche erkennen. An der Spitze ritt ein Mann, dessen Charakterzüge jenem Tier ähnelten, das er im Wappen führte – dem Wolf. Dem Wolf, so sagt man, sei die Arglist inne. Sein Biß soll etwas Giftiges an sich haben und ungern heilen. Die Augen glänzen ihm wie Lichter in der Nacht. Der Raub wird mit Haut und Haaren gefressen. Den Jungen bringt er lebendige Gänse, Ferkel und Lämmer, damit sie diese erwürgen lernen. Fast schien es so, als würde dem Wolf auf dem Schild das Maul triefen … Speichel, vermischt mit Blut.

Gunzelin von Wolfenbüttel war die Inkarnation eines Dapifers, eines Heerführers des Kaisers. Ihm ebenbürtig war nur einer, der allseits berühmte Marschall Heinrich von Kalden, treuer Anhänger und Rächer König Philipps von Schwaben. Der Wolfenbütteler zählte zu den ersten Männern im Reich. Viele Burgen konnte er sein eigen nennen, besonders oben im Norden.

Er war erfahren, kriegsgeübt und schlau, dabei gefühllos und ohne jeden Skrupel. Als Dapifer des Kaisers durfte er sich auch keinerlei menschlichen Schwächen wie Mitleid oder Gewissensbissen hingeben. Vielmehr hatte er Sorge zu tragen, dem Hauptheer des Kaisers, das im nächsten Frühjahr heranrücken würde, den Weg zu ebnen, besonders hier in Thüringen, wo der größte Feind des Kaisers saß.

Wie er das zu bewerkstelligen gedachte?

Nun, er, Gunzelin von Wolfenbüttel, würde sich aller nur erdenklichen Mittel bedienen, seien es Erpressung, Bestechung oder List. Selbst vor Brand und Mord würde er nicht zurückschrecken, diene es der Sache. Für die Bauern des Landgrafen hatte er sich eine besonders heimtückische Vorgehensweise erdacht. Über sie würde er Hermann von Thüringen am nachhaltigsten schaden.

Sich von den lüsternen Erzählungen der Ritter abwendend, hatte der Graf von Schwerin seinem Streitroß die Sporen gegeben und war zu seinem Anführer vorgerückt. Dieser sah mit einem schelmischen Lächeln zu ihm herüber.

„Nun, Graf, sind unsere Ritter nach solch einer Nacht des Kampfes überhaupt noch fähig?"

Der Graf von Schwerin lachte.

„Ich habe selten so eine frohe und in jeder Hinsicht befriedigte Mannschaft gesehen. Gebe es Gott, der heutige Tag brächte uns noch mehr zu jubilieren!"

Gunzelin von Wolfenbüttel zwinkerte mit den Augen, bevor er in ernstem Ton antwortete:

„Der Thüringer wird uns den Tag nicht versauern. Nach den letzten Meldungen unserer Späher ließen sich keine größeren Truppenbewegungen erkennen."

Und mit einem Anflug voller Hohn:

„Er und seine Männer werden wohl angsterfüllt in Weißensee sitzen."

„Was bleibt ihm auch anderes übrig", entgegnete ihm der Schweriner Graf.

„Oder würdet ihr an seiner Stelle den Kampf suchen?"

Auf diese Frage, die für den kaiserlichen Feldherrn sehr unerwartet kam, fand derselbe nicht sogleich die passende Antwort. Dann jedoch, mehr zu sich selbst, antwortete er: „Gegen mich würde ich auch nicht kämpfen wollen."

In diesem Augenblick tauchte vor ihnen die Silhouette eines Dorfes auf.

Sich wieder beherrschend befahl der kaiserliche Feldherr:

„Gebt den Männern Bescheid, Graf. Es wird so verfahren, wie wir es gestern abend beredet haben."

Der Graf von Schwerin wandte sein Roß. Er nickte, und in diesem Nicken lag jene Entschlossenheit, etwas Unbeliebtes tun zu müssen.

Das Leben im Dorf ging seinen gewohnten Gang. Die alten Leute saßen fast unbeweglich vor ihren Hütten und schauten mit wehmütigem Blick den spielenden Kindern und den tollenden Hunden zu, den Zeiten nachtrauernd, als sie noch jung waren und selbst so ausgelassen tobten.

Aber auch ihre offensichtliche Freude über den Nachwuchs und ihre Furcht, ihm könne etwas zustoßen, dürfte jemand, der ihre Gemüter zu zeichnen hätte, nicht übersehen.

Ein paar Weiber schwatzten über Dinge, die sie eigentlich nichts angingen, wieder andere zeterten über ihre „Alten", die zu oft Trost in der Schänke suchten oder den Beinen der jungen Frauen in allzu frivoler Weise nachstierten.

Obwohl man noch schwer an den Folgen der Hungersnot des letzten Jahres zu zehren hatte, hielt sich die Teuerung in Grenzen.

Auch die Verluste an Vieh hielten sich bedeckt. Besorgt war man nur über die sich häufenden Nachrichten, daß der kaiserliche Feldherr schonungslos das Land und die Dörfer ihres abtrünnigen Herrn, des Landgrafen Hermann, verheerte. Jeder fürchtete, ihn würde es treffen. Jedoch hoffte man auf die Unterstützung Landgraf Hermanns, selbst wenn diese in den vorangegangenen Jahren ausgeblieben war. Hoffnung sollte man immer haben, besonders in solchen Zeiten. Angst hatte man zeitlebens. Es war jedoch weniger die Angst vor brennenden Fackeln, die Häuser und Städte in Schutt und Asche legten oder die Angst, daß alles Vieh geraubt wurde. Es war vielmehr die Angst der Väter und der Mütter um ihre Töchter, die des Mannes um die Frau. Mit dem einfachen Landvolk verfuhr man im allgemeinen auf die schändlichste Weise, und das wußten die Bauern.

All dies war deutlich in ihren Gesichtern zu lesen, als die bewaffnete Schar in das Dorf einritt.

Die eben noch großspurig gezetert, liefen furchtsam auf dem Dorfanger zusammen. Mühselig schleppten sich die Alten ihnen nach.

Die Kinder wurden flugs an die Hand genommen und hinter weiten, derben Röcken versteckt.

Der Schultheiß des Dorfes, ein älterer Mann, dessen tiefe Furchen im Gesicht so manche schreckliche Geschichte hätten erzählen können, dessen starke, rauhe Hände von einem Leben voller Arbeit sprachen, baute sich schützend vor seiner Gemeinde auf.

Trotz seiner festen Haltung, die Zuversicht und Willen, das Leben seiner Leute zu schützen, ausdrücken sollte, war er mehr als verstört. So schnell hatte er nicht mit Feinden gerechnet. Nicht einmal die Kinder und jungen Frauen hatte man in Sicherheit gebracht, geschweige denn Hab und Gut, von dem Vieh gar nicht zu reden.

Um bewaffneten Schutz zu erflehen, war es zu spät. Sich selbst zu schützen, erschien aussichtslos. Gegen zweihundert Reiter anzukämpfen, hieße sich selbst zu schlachten. Obendrein war von

28

den jungen Männern kaum jemand im Dorf, arbeiteten sie doch auf den Feldern oder hoben in Weißensee Gräben aus und erbauten Wälle.

Das Kriegsvolk hielt auf die kleine Schar zu und kam kurz vor ihr zum Stehen.

Der Schultheiß erkannte neben den Farben der Sachsen auch die der Mühlhäuser. Das verhieß nichts Gutes. Er hatte nicht nur von der Widerspenstigkeit der Bürger von Mühlhausen gehört, als ihre Stadt an den Landgrafen, ihren Herrn, gefallen war, er hatte auch gehört, wie Mühlhausen mit fliegenden Fahnen dem kaiserlichen Feldherrn die Tore geöffnet hatte.

Der Haß der Mühlhäuser gegen die Landgräflichen saß tief. Wohl war er auch begründet. Den Schultheiß überkam ein sonderbares Gefühl der Angst, geboren aus dem Wissen, hilflos zu sein.

Gunzelin von Wolfenbüttel hatte angsterfüllte Augen schon zu Tausenden gesehen. Die zahllosen Kriege hatten es mit sich gebracht, daß sie ihn nicht mehr erweichten. Im Gegenteil. Er verspürte zusehends eine innere Genugtuung, sie im Staub liegen und um Gnade winseln zu sehen. Aber der kaiserliche Feldherr hatte nicht vor, den Tod zu bringen. Diese Bauern, die so kläglich vor ihm standen, würden nach des Landgrafen Ende dem Kaiser dienen, ihm Abgaben entrichten. Er hatte anderes mit ihnen vor.

Hoch zu Roß, seinem schnaufenden Pferd den Hals klopfend, sagte er, auf den alten Mann niederblickend:

„Ich vermute, ihr seid der Schultheiß dieses Dorfes?"

„Ja, Herr, der bin ich", antwortete dieser.

„Weißt du, wen du vor dir hast?"

„Nein, Herr."

„Ich bin Gunzelin von Wolfenbüttel, Bannerträger und Feldherr des Kaisers."

Gänsehaut überzog den Schultheißen. Vieles und zumeist nichts Gutes hatte man von diesem Herrn, der den Wolf im Wappen führt, gehört.

„Hört mir gut zu! Ihr sollt nicht für den Verrat eures Herrn am Kaiser bestraft werden. Wir wollen Gnade walten lassen und uns großzügig erweisen."

Der Feldherr hielt inne und schaute vielsagend über die Dächer des Dorfes.

„Ein schönes Dorf", dachte er.

Den Schultheißen, der seinen Ohren nicht zu trauen wagte, holte die Hoffnung, die Hoffnung auf ein glückliches Ende dieser Geschichte ein. Doch dies war nur ein kleiner Funke, viel zu klein, um ein Hoffnungsfeuer zu entzünden, denn schon sprach der kaiserliche Feldherr weiter:

„Wir werden euch verschonen, sofern ihr alles, und ich wiederhole, alles an Hab und Gut, einschließlich des Viehs, abliefert. Alles!"

„Aber Herr", versuchte der Schultheiß einzuwenden.

„Keine Widerrede, Schultheiß. Das Heer des Kaisers benötigt für den kommenden Kriegszug immense Vorräte. Ihr habt davon genug in den Scheunen."

Ein Raunen ging durch die kleine Schar.

„Wenn ihr das Besagte gehorsam zusammenschafft, werden wir euch nichts tun, und kein Haus und keine Scheune soll Opfer von Flammen werden. Oder wollt ihr, daß wir alles anzünden, daß ich meinen Reisigen eure Töchter überlasse, daß wir eure Kinder, nur so aus Spaß, auf unsere Lanzen spießen und eure Alten auf den glühenden Balken der Häuser rösten, wollt ihr das? Wollt ihr, daß sich euer Dorftümpel rot färbt, rot von Blut, eine riesige Lache aus dem Blut der alten Männer, Kinder und Frauen? Wollt ihr das? Es ist uns ein Leichtes!"

„Nein, Herr, verschont uns", erwiderte der Schultheiß flehentlich, „wir werden euch alles geben, alles, was wir haben."

„So ist es gut, Alter. Also schafft es herbei."

Der Schultheiß, dem angesichts solcher Drohungen und Versprechen nichts anderes übrig blieb, redete seinen Leuten gut zu und forderte sie auf, alles an Hab und Gut herbeizuschaffen und nichts zu vergessen. Ängstlich liefen die Menschen daraufhin auseinander, packten alles, was sie hatten, auf ihre Karren, über gaben die kläglich zusammengesparten, wenigen Münzen den Mühlhäusern, die von dem kaiserlichen Feldherrn den Befehl erhalten hatten, die Bauern beim Aufladen zu unterstützen und zu überwachen. Die Mühlhäuser gingen nicht zimperlich mit den armen Menschen um. Da wurde schnell einmal geschrien oder geschlagen. Dem Wolfenbütteler war es recht. Diese Aktion sollte schnell vonstatten gehen. Man hatte heute noch mehr vor.

Die Bauern hatten ein gutes Dutzend Wagen zusammengebracht. Der Schultheiß, der sah, daß seine Leute alles, wirklich alles, herausgegeben hatten, drängte sich neben den kaiserlichen Feldherrn.

„Herr, wir haben euch alles gegeben", sagte er zitternd, „mehr haben wir nicht."

Des Wolfenbüttelers Augen wurden hart. Kurz nickte er dem Grafen von Schwerin, der auf einen Befehl seines Feldherrn wartete, zu. Dieser begriff sofort. Diabolisch verzog er sein Gesicht, einer unmenschlichen Fratze gleich.

„Zündet alles an!" rief er laut und trocken. „Macht alles dem Erdboden gleich!"

Dem Schultheißen erstarrte das Blut. Der kaiserliche Feldherr hatte doch versprochen, sie unbehelligt zu lassen!

„Aber Herr, ihr wolltet uns doch schonen! Im Namen der Mutter Gottes, ihr verspracht uns zu schonen!"

Das Roß des Wolfenbüttelers begann zu tänzeln, und es war, als wollte es seine Freude darüber ausdrücken, die Strohdächer in Flammen aufgehen zu sehen.

Die Verzweiflung und Erniedrigung, die der Schultheiß in diesem Moment empfand, trieb ihn zum Äußersten. Wütend packte er den kaiserlichen Feldherrn am Fuß.

„Ihr Elenden", schrie er, „ihr Elenden!"

„Was? Du Bauer wagst es, unseren Herrn anzugreifen?" rief der Graf von Schwerin, sein Schwert ziehend.

„Das sollst Du mit dem Leben bezahlen!"

Und mit aller Kraft stieß er dem Schultheißen den Stahl in die Brust.

„Bauerntölpel!"

Durchbohrt, das Schwert des Schweriner fest umklammernd, stürzte der alte Mann zu Boden. Sein letztes Röcheln ging unter im Geschrei und dem Geräusch, das zusammenbrechende Lehmkaten verursachen.

„Hol mir mein Schwert", befahl der Schweriner seinem Knappen, „und wisch das Blut ab."

Die Eskorte

Die Straßen der Landgrafschaft Thüringen wurden immer unruhiger und gefährlicher. Dieses Umstandes wegen hatte der Schenk von Vargula dem Landgrafen geraten, seine Kinder und die kleine ungarische Königstochter, die mit Hermanns Sohn Hermann verheiratet werden sollte, und die noch immer auf der Creuzburg im Westen weilten, unter sicherem Geleit zuerst nach Weißensee zu holen und dann in die weniger bedrohten Gebiete im Osten zu schaffen. Der Marschall von Ebersberg, der das Kommando auf der Neuenburg innehatte, sollte den Schutz der landgräflichen Kinder übernehmen. Das übrige Gefolge, Priester, Dienerinnen, Köche und Knechte, würde folgen. Also stellte der Schenk eine stattliche Schar von Rittern zusammen, die die Kinder der landgräflichen Familie und die ungarische Königstochter Elisabeth von Creuzburg nach Weißensee geleiten sollten. Es war für die Ritter, die mit ihrer Mannschaft die Eskorte stellten, eine hohe Ehre, und nicht ohne geringen Stolz hatten sie ihre kostbarsten Rüstungen angelegt und ihre schönsten Pferde gesattelt.

Als an einem frühen Morgen dieser prächtige Trupp Weißensee verließ, konnte noch niemand ahnen, daß diese Reise nicht ohne Zwischenfall verlaufen würde. Auf der Creuzburg war man von diesem Unternehmen rechtzeitig durch einen Boten unterrichtet worden. Der Burghauptmann von Creuzburg hatte alles Nötige für die Abreise der landgräflichen Kinder vorbereitet. Noch am selben Abend traf die Eskorte aus Weißensee auf der Creuzburg ein.

Bereits am nächsten Morgen brach man auf. An der Spitze des Trupps ritt Herr Rudolf von Bilzingsleben, der auf Grund seiner Erfahrung die Eskorte anführte. Ihm folgten Eberher von Salza, Friedrich von Rodleberode, Walther von Tennstedt, Heinrich von Eckartsburg und Dietrich von Röllhausen sowie drei Dutzend berittene Kriegsknechte. Den Schluß bildete kein geringerer als der edle Herr Ludolf von Berlstedt mit seinen Mannen. Nachdem man einige Stunden geritten war, sah man in nicht allzu weiter Entfernung eine mächtige schwarze Rauchsäule in den Himmel steigen. Diese konnte nur von einem der umliegenden Dörfer stammen. Sofort ließ Rudolf von Bilzingsleben den Trupp anhalten. Er schickte einen Reiter voraus, der erkunden sollte, welcher Ursache die Rauchsäule entsprang. Doch die Zeit verging. Die Ritter wurden unruhig. Schon zu lange hatte man auf den Kundschafter gewartet, ohne Nachricht zu erhalten, was vorgefallen war. Über eine der Wiesen näherte sich aus nordöstlicher Richtung eine beträchtliche Schar von Reitern. Sie waren den landgräflichen Rittern an Zahl weit überlegen. Obwohl die Ritter, hinter einer Hecke verborgen, von den heranreitenden Sachsen nicht gesehen werden konnten, würde ein Zusammenprall, falls sie weiter in diese Richtung hielten, nicht ausbleiben.

„Wir müssen die Kinder um jeden Preis schützen", sagte Eberher von Salza mit rauher Stimme. Fast lautlos zückten die Ritter ihre Schwerter, legten die berittenen Armbrustschützen ihre Pfeile ein. „Ihr", der Ritter von Salza zeigte mit der Hand auf zwei leichtbewaffnete Reiter, „versucht, euch nach Weißensee durchzukämpfen und Verstärkung zu holen. Falls wir gefangengenommen werden, wird man uns nach Mühlhausen schaffen, Gott gebe, daß dies nicht geschehe. Wenn ihr schnell seid, wird es dazu nicht kommen. Gegebenenfalls müßt ihr uns noch vor dem Eintreffen in Nordhausen befreien."

„Ja, Herr, wir haben verstanden."

Den Rössern die Sporen gebend, sprengten sie davon. Doch die Mühlhäuser waren bereits so nahe heran gekommen, daß sie der landgräflichen Ritter und der zwei davonreitenden Knechte gewahr wurden. Aus ihren Reihen löste sich eine kleinere Abteilung, die sich anschickte, den zwei davoneilenden Reitern den Weg abzuschneiden, was ihnen auch gelang. Ohne Kampf gaben sich die Knechte gefangen. Inzwischen näherte sich von Nordwesten eine nicht minder große Zahl Reiter in sächsischen und Mühlhäuser Farben, geführt von einem hochgewachsenen, breitschultrigen Ritter, der über seinem Kopf eine wuchtige Lanze schwang. Obwohl im schummrigen Dämmerlicht sein Wappen kaum noch zu erkennen war, wußte Eberher von Salza sogleich, wen er vor sich hatte. Es war der gefürchtete, verschworene Feind des Landgrafen und kaiserliche Truchseß Gunzelin von Wolfenbüttel. Furcht und Schrecken verbreitete in diesen Tagen dessen Helmzier, ein grüner Wolfskopf mit weit aufgerissenem Maul und roter, gespaltener Zunge.

Die Kinder des Landgrafen und die ungarische Königstochter befanden sich in höchster Gefahr.

„Schützt die Kinder!" rief der Ritter Eberher Ludolf von Berlstedt zu, der mit seinen Mannen einen Kreis um die landgräflichen Prinzen und die junge Elisabeth geschlossen hatte. Kaum hatte er dies ausgesprochen, mußte er sich gegen eine Überzahl wild dreinschlagender Mühlhäuser Reiter erwehren. Auch die anderen Ritter der Eskorte kämpften voller Verzweiflung gegen diese Übermacht. Dem kaiserlichen Feldherrn hatte sich Herr Walther von Tennstedt entgegengestellt. Doch der Tücke dieses Mannes war er nicht gewachsen. Gunzelin von Wolfenbüttel traf ihn schwer an der Schulter. Herr Walther verlor das Gleichgewicht und stürzte aus dem

Sattel. Als das Gefecht sich in Einzelkämpfe aufzulösen begann, sah der kaiserliche Feldherr, nachdem er die Kinder des Landgrafen erkannt hatte, welch bedeutsames Pfand in seine Hände gefallen war.

„Die Kinder", rief er, „ich will die Kinder haben!"

„Niemals!" schrie der Ritter Rudolf von Bilzingsleben.

„Niemals werden die Kinder des Landgrafen in eure Hände fallen." Und entgegen aller Manier und Ritterlichkeit bohrte er sein Schwert tief in den Hals des Wolfenbüttelers Streitroß. Wiehernd bäumte es sich auf, riß dabei dem Ritter Rudolf das Schwert aus der Hand, warf seinen Reiter ab und fiel, mit den Hufen um sich schlagend, blutüberströmt zu Boden. Entsetzt riefen einige Stimmen:

„Der Feldherr! Der Feldherr ist gefallen!" Gunzelin von Wolfenbüttel versuchte auf die Beine zu kommen.

Doch der kaiserliche Truchseß verlor das Bewußtsein. Zu hart war er mit dem Kopf aufgeprallt. Rudolf von Bilzingsleben sprang vom Pferd und versuchte sich mit gezogenem Dolch zu dem Wolfenbütteler durchzukämpfen. Dieser wurde jedoch durch seine treuesten Ritter so abgeschirmt und verteidigt, daß der Bilzingslebener zurückweichen mußte. Inzwischen waren die landgräflichen Knechte entweder erschlagen, oder sie hatten in heilloser Flucht das Weite gesucht. Nur die Ritterschaft stand noch im Feld und verteidigte kampfesmutig die sich ängstlich aneinander schmiegenden Kinder. Eberher von Salza glaubte den Kampf schon verloren. Durch einen Axthieb spaltete sich sein Schild. Zurück blieb eine tiefe Schnittwunde. Blut rann ihm durchs Kettenhemd. Er stürzte, als ihm ein aus kürzester Entfernung abgefeuerter Armbrustbolzen in den Oberschenkel drang. Auch Rudolf von Bilzingsleben, der alte Recke, brach zusammen. Zu schwer war er getroffen, hinterrücks von einer feigen Meute. Allein der edle Ludolf von Berlstedt und der Ritter aus Gebesee waren noch gänzlich unversehrt. Doch es konnte nur noch eine Frage der Zeit sein, wann

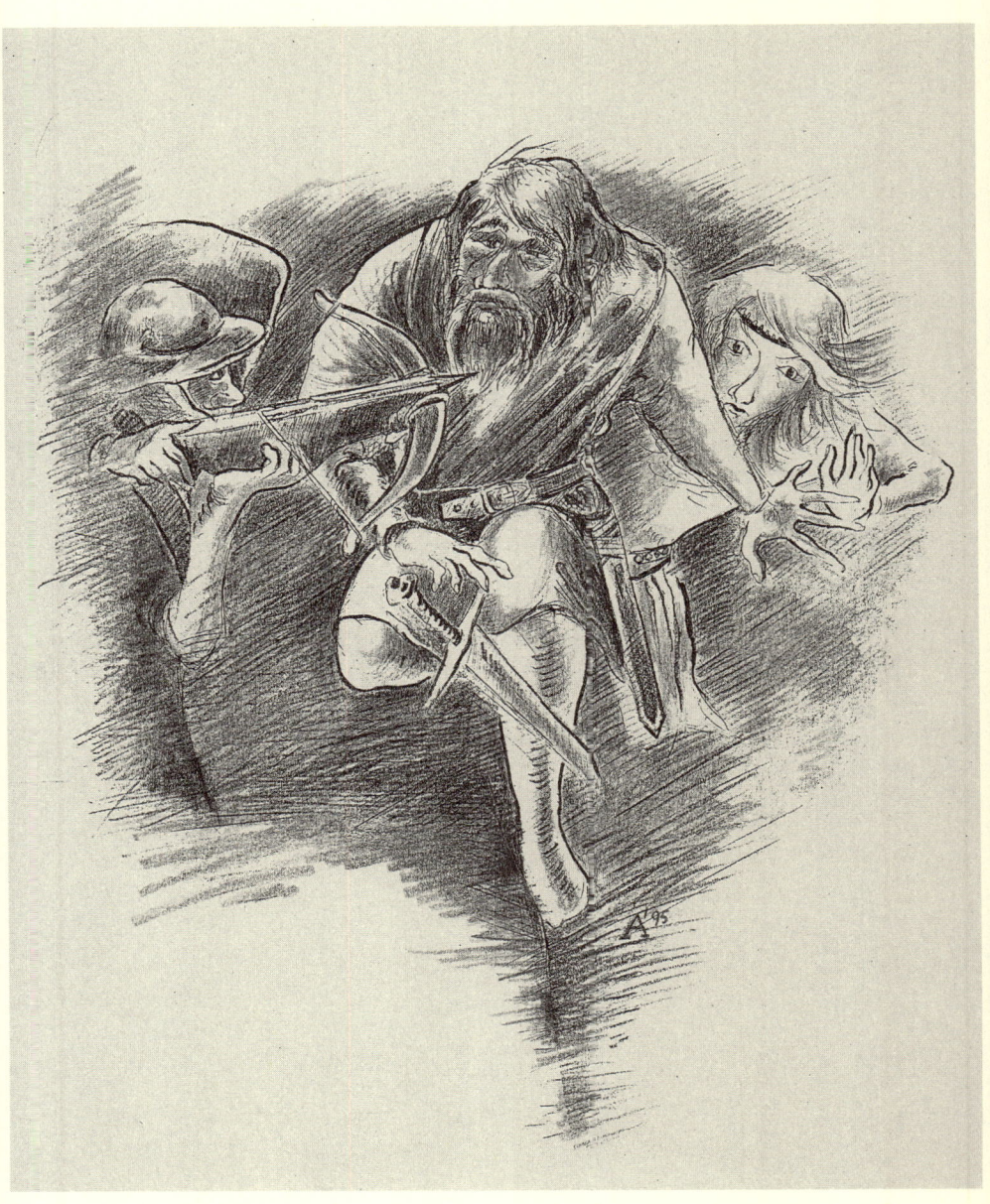

sie der Übermacht der Feinde erliegen würden. Der Berg Erschlagener vor den beiden Rittern wurde immer höher. Mit dem Mut und der Standhaftigkeit Verzweifelter hieben sie blindlings um sich. Die Anstrengung ließ es ihnen schwarz vor Augen werden, und sie erkannten nicht mehr, daß die Feinde zurückzuweichen begannen. Fast schien es, als wäre ein Wunder geschehen! Und tatsächlich verließen die Angreifer plötzlich fluchtartig die Walstatt. Was war geschehen?

Ein starker Trupp Reiter war von Langensalza ausgeschickt worden, um dem Treiben Gunzelins von Wolfenbüttel Einhalt zu gebieten. Allerdings war er zu spät gekommen. Erneut war ein Dorf Opfer der Flammen geworden.

Mehr einem Zufall war es dann zu verdanken, daß jene stattliche Zahl von Kriegsleuten in den Kampf der landgräflichen Eskorte mit den Kriegern Gunzelins von Wolfenbüttel eingriff. Schon die erste heftige Attacke warf viele der Kaiserlichen zu Boden. Ihres Führers beraubt, der von einigen Getreuen gerettet wurde, sah die Masse ihr Heil in der Flucht, obwohl sie von der Stärke her dem Langensalzaer Aufgebot mindestens ebenbürtig waren. Was die Reiter aus Langensalza vorfanden, war ein erbärmlich zusammengeschlagener Haufen landgräflicher Ritter, ein Bündel ängstlicher, verschreckter Kinder und ein Berg von Leichen. Glücklicherweise war dieser Kampf relativ glimpflich abgelaufen. Die Kinder waren gerettet, kein Ritter gefallen. Jene, die die Flucht ergriffen hatten, wurden hart bestraft.

Parteienwechsel

Mittlerweile besuchte der selbe Gunzelin alle Barone Thüringens, jeden einzelnen, und da er käufliche Hände fand, so bewog und verleitete er sie durch vieles Geld, daß sie ihren Erbherrn, dem Landgrafen nämlich öffentlich absagten. Und so werden diejenigen offene Feinde, welche kurz vorher für Haus- und Gefolgsleute gehalten wurden.

Chronik von Sankt Peter zu Erfurt

Gunzelin von Wolfenbüttel kam nicht mit leeren Händen. Zusätzlich zu den ihm vom Kaiser überlassenen Mitteln hatte er in den letzten Wochen den Untertanen des Landgrafen eine hübsche Stange Silber abgenommen und sie aufs äußerste geschädigt. Doch nicht nur das. Die Wirkung, die ein stattliches Gefolge, bestehend aus berühmten, kampferfahrenen Rittern auf solch einen Grafen wie es der Beichlinger einer war, machen würde, war dem Feldherrn sehr wohl bewußt. Er gedachte, den Beichlinger von vornherein zu beeindrucken. Und mehr noch. Er wollte ihn von Anfang an einschüchtern, ihm seine begrenzten Möglichkeiten schon vor den Verhandlungen aufzeigen. Mit Ausnahme weniger fester Plätze befand sich alles zwischen Werra und Unstrut in kaiserlicher Hand. Militärisch war Hermann isoliert und fast bezwungen. Nur das starke, vom Landgrafen neu befestigte Weißensee würde zu trotzen versuchen, aber auf die Dauer würde es auch einem Heere, wie es der Kaiser nach Thüringen führte, nicht widerstehen können. Hermann, dem nach dem Fall von Weißensee nichts anderes als die Unterwerfung übrig bliebe, müßte sich dann mit dem Kaiser vertragen. Der aber würde ein hartes Gericht halten. Zu oft war er vom Landgrafen hintergangen worden und mit diesem im Verbunde so mancher thüringische Baron. Wehe dem, der auf der falschen Seite stand!

Solches hatte der Graf von Stolberg schnell erkannt. Geschickt suchte er mit dem kaiserlichen Feldherrn Verhandlungen. Wohlwollend ließ er sich von der kaiserlichen Sache überzeugen. Etliche Kisten reinen Silbers wanderten daraufhin in seine Kammern.

Gunzelin von Wolfenbüttel hatte den Grafen von Stolberg gebeten, mit ihm zur Burg des Beichlingers zu reiten und diesen, falls er nicht auf des Feldherrn Angebot einzugehen gedachte, zur Seite zu nehmen und ihm die Folgen seines Verhaltens klar und deutlich zu machen.

Und tatsächlich sollte die Anwesenheit des Stolberger Grafen im Gefolge Gunzelins nicht ohne Wirkung auf Graf Friedrich von Beichlingen sein.

Als das zahlenmäßig starke und prunkvoll gerüstete Gefolge des Dapifers über die Brücke der Burg Beichlingen ritt, stand Graf Friedrich noch immer am Fenster seines steinernen Hauses.

Sofort erkannte er das Wappen des Stolbergers.

Sieh an, fuhr es ihm durch den Kopf, Stolberg auf seiten des Kaisers!

Friedrich von Beichlingen zauderte nicht lange. Schnell faßte er einen Entschluß. Er mußte es dem Stolberger nachmachen, wollte er am Ende nicht des verlorenen Hermanns Schicksal teilen. Dessen Chancen in diesem Kampf standen kaum so, daß man sie als hoch bezeichnen konnte.

Er, Friedrich, der Graf von Beichlingen, würde heute vom Landgrafen lassen und offen zum Kaiser übertreten. Es würde nur noch eine Frage zu klären geben, wieviel?

Nachdem die offizielle Zeremonie der Begrüßung abgeschlossen war, bat Friedrich von Beichlingen der kaiserlichen Feldherrn in den Saal seines Hauses. Ihnen folgten die Grafen von Schwerin und Stolberg sowie einige andere angesehene Herren. Der Rest des Gefolges lagerte im Burghof und ließ sich großzügig mit Wein und Geflügel bewirten.

Als sich die Herren auf den vorbereiteten Plätzen niederließen, wollte keine Unterhaltung zustandekommen. Es herrschte ein seltsames Schweigen. Die Gefolgsleute des Dapifers saßen denen des Beichlingers unmittelbar gegenüber. Wein wurde ausgeschenkt. Zaghaft wurde hier und da ein Becher verrückt oder ein Schemel geschoben. Alles wartete auf das, was da kommen sollte.

Gunzelin von Wolfenbüttel, ruhig aber durchaus entschlossen, eröffnete auf einem thronähnlichen Stuhle sitzend, das Gespräch.

„Wie ihr durch meinen Boten unlängst erfahren habt, marschiert
der Kaiser siegreich aus Apulien kommend nach Thüringen. Ich,
der Dapifer, habe des Abtrünnigen Hermann Land besetzt und
versuche nun, die Partei der anderen Barone zu erkunden. Wie ihr
seht, Graf Friedrich", und dabei schaute er zu dem Stolberger,
„seid ihr der letzte, von dem wir nicht wissen, ob er ein treuer Anhänger unseres Kaisers ist oder nicht."
Gunzelin warf alles in die Waagschale, denn erstens kam der Kaiser nicht siegreich aus Apulien und zweitens war der Beichlinger
wohlweißlich nicht der letzte thüringische Graf, dessen Stellung
noch unklar war. Ehe Friedrich von Beichlingen antworten
konnte, reichte er ihm schon mit folgenden Worten die Hand:
„Bevor ihr zu sprechen beginnt, wißt auch, daß der Kaiser seine
Anhänger mehr als fürstlich belohnt."
„Ich weiß um die Freigebigkeit des Kaisers. Man hört dies aus den
Mündern aller Sänger, denen man begegnet. Doch wie steht es mit
den Verträgen, die einst geschlossen wurden? Ich schwor dem
Landgrafen Treue und Heeresfolge."
„Diesen Vertrag oder wie ihr sagt Schwur leistetet ihr, wenn ich
mich genau erinnere, zu einer Zeit, wo Landgraf Hermann nicht
oder noch nicht zu den Feinden des Kaisers zählte. Durch seinen
Verrat seid ihr, edler Graf, davon entbunden. Ich gehe noch weiter. Durch den Verrat des Hermann am Kaiser seid ihr sogar ver-
pflichtet, von ihm zu lassen und jegliche freundschaftlichen Beziehungen sofort aufzukündigen."
„Von freundschaftlichen Beziehungen kann nicht die Rede sein.
Wir, und damit meine ich alle Grafen Thüringens, haben unter
Hermanns Regiment schwer zu leiden. Seine Berater sind die
schlimmsten Degen, die man sich vorstellen kann. Ich habe noch
genau vor Augen, wie einer meiner besten und treuesten Ritter bei
einem Turnier auf hinterhältige Weise zum Krüppel geschlagen
wurde. Meine Beschwerde wurde von ihm im wahrsten Sinne ab-

gewürgt. Auf den Festen, die er oft und in übertriebenem Maße feiert, geht es zu wie … Ich kann es nicht beschreiben. Ein Schriftgelehrter und in der Astrologie kundiger Mann verriet mir eines Tages, der Landgraf wäre von einer schlimmen Krankheit befallen, die auf den Geist geht."

Friedrich von Beichlingen hielt inne. Seine Ritter stimmten ihm zu. Gunzelin von Wolfenbüttel sah nunmehr seine Stunde gekommen.

„Nun, Graf, es ist gut, solches zu vernehmen. So hört denn. Der Kaiser wird Hermann hart strafen, für alles, was er ihm angetan hat. Dies könnte zur Folge haben, daß er die Landgrafschaft verliert. Dem Kaiser wird dann daran gelegen sein, in Thüringen einen Mann von Würde zu finden, der in seinem Sinne regiert. Edler Graf, dieser Mann könntet ihr sein!"

Dem Beichlinger verschlug es die Sprache. Damit hatte er nicht gerechnet. Diese Machtkonstellation, dieser Aufstieg in die Reihe der Reichsfürsten, brach alle Bedenken. Nicht einmal die Summe, die er aushandeln wollte, war jetzt noch wichtig. Die Einkünfte, die er aus der Landgrafschaft erhielte, brächten ihm genug Entschädigung für die bisher vom Landgrafen erlittenen Übel. Spontan fragte er:

„Wie kann ich euch von Nutzen sein?"

„Ich gedachte, euch die Befehlsgewalt über eine in der Nähe von Weißensee zu errichtende Burg zu übertragen. Diese soll uns als Nachschubbasis und Stützpunkt beim Kampf um Hermanns Burg dienlich sein."

Das Funkeln in den Augen des Beichlingers hätte den strahlendsten Edelstein wie einen gemeinen Kiesel erscheinen lassen.

Weißensee! Der alte, übelriechende, tiefsteckende Stachel könnte entfernt werden. Ausgemerzt. Die Mauern geschleift. Der Palas, dieses vor Marmor strotzende Haus, in Schutt und Asche gelegt. Zerstört auf ewige Zeiten.

„Wann gedenkt ihr mit dem Unternehmen zu beginnen?"
„Schon in wenigen Tagen."
„Edler Dapifer, ihr könnt dem Kaiser vermelden, daß Friedrich, der Graf von Beichlingen, sein treuer Untertan ist."

Des Wolfenbüttelers Rechnung war aufgegangen. Friedrich von Beichlingen hatte, ohne große Verhandlungen zu führen, offiziell seine Treue zum Kaiser bekundet und ohne zu feilschen die ihm angebotene stattliche Summe genommen.
Gunzelin von Wolfenbüttel hatte auch nichts anderes erwartet. Er hätte, wäre der Beichlinger nicht auf sein großzügiges Angebot eingegangen, nicht gezaudert, den Grafen sofort in Gewahrsam zu nehmen, oder, falls ihm das nicht gelungen wäre, ihn unverrichteter Dinge belagert. Für seine Sachsen hätte dieses Schauspiel eine gelungene Abwechslung geliefert.
So war man sich aber schnell einig geworden. Gunzelin von Wolfenbüttel hatte zwar keinerlei Vorstellungen von dem militärischen Geschick des Beichlingers, aber angesichts der Truppenstärke, die er ihm zu unterstellen gedachte, konnte eine Schlappe weitgehend ausgeschlossen werden. Um trotzdem sicher zu gehen, stellte er dem Beichlinger den Grafen von Stolberg und einige sächsische Ritter und Herren, die aus dem Harz stammten, zur Seite.
Er selbst hatte vor, in den nächsten Wochen weitere Adlige aufzusuchen. Noch waren nicht alle Barone Thüringens vom Landgrafen abgefallen. Doch es sollte nur noch eine Frage der Zeit sein, bis dies geschähe. Lediglich einer hielt fest und ergeben zu Hermann: der Graf von Schwarzburg, der aber auch nur, weil er ein steter Anhänger der Staufer war. Als Landgraf Hermann sich gegen den Staufer Philip erhoben hatte, fand man den Schwarzburger im Heer des Königs vor Weißensee.
Als Gunzelin von Wolfenbüttel das Tor der Burg Beichlingen hinter sich gelassen hatte, durchströmte ihn innere Genugtuung und

ein Gefühl der Zuversicht und Siegesgewißheit. Der Abfall des Beichlingers würde wie ein Fanal wirken. Die meisten thüringischen Großen, und das glaubte er felsenfest, wechselten zum Kaiser. Bald entstünde auf dem Weißen Berg südlich von Weißensee eine Burg. Das Heer, welches der Kaiser heranführte, war gewaltig. Die Maschine, die er mitführte, in ihrer Wirkung teuflisch. Wohlgerüstet ging man in den Kampf um Weißensee. Und selbst wenn Hermann es verstärkte, wie Späher berichteten, würde es fallen. Hermann von Thüringen wäre zum Aufgeben gezwungen, und die Fürstenverschwörung fände ihr klägliches Ende.

Die Sankt Nikolausnacht

🔔

„unde also sie das sloss do ufgeslugen unde grosses Volk do hatten unde den tag gar frolichen dorobir gearbeiten unde des nachtis dorumbe ruweten, do sampneten sich lantgraven Hermans man ..."

Düringsche Chronik des Johann Rothe

Es war ein Tag vor Sankt Nikolaus des Jahres 1211, als Friedrich von Beichlingen in die Weißenburg, wie man die neu errichtete kaiserliche Befestigung in einiger Entfernung von Weißensee nannte, einritt. Der Berg mußte in unvordenklichen Zeiten bereits einmal befestigt gewesen sein, denn auf der Spornseite waren noch Gräben und Wälle zu erkennen.

Sofort sah der Graf, daß die Arbeiten zügig vorangegangen waren. Hohe Palisaden umspannten den Berg, auf dessen höchster Stelle sich ein mächtiger hölzerner Turm befand. Weit oben standen Wächter, die das Land beobachteten und schnell einen Angriff oder starke Truppenbewegungen melden konnten. Für eine Unmenge an Vorräten hatte man große Scheunen gebaut. Von früh bis spät arbeiteten Handwerker, um all die Dinge herzustellen, die man für die Belagerung der landgräflichen Residenz benötigte. In besonders hoher Zahl stellte man Pfeile und Armbrustbolzen her. Tierdärme, in Fässern und Salzlauge gelagert, sollten den Armbrustschützen als Ersatzsehnen dienen. Gepökeltes Fleisch, Wein und Bier ließ man herbeischaffen.

Die Weißenburg wurde zum Quellmund unerschöpflicher Vorräte im Kampf um Weißensee.

Friedrich von Beichlingen sah an diesem Tag mit hochherzigen Erwartungen der kommenden Belagerung der landgräflichen Burg entgegen. In den schillerndsten Farben malte er sich den Sieg über Hermann von Thüringen aus.

Diese frohe Stimmung gab er auch lautstark zum besten, indem er dem Schmied, der Schwerter schärfte, zurief:

„Mach sie nur richtig spitz, damit wir auch jeden Panzer durchstechen können!" oder den, der die Pfeile überprüfte, ansporte: „Jawohl, so ist's richtig. Nur die wirklich guten auswählen. Auf daß wir die Landgräflichen abschießen wie die Raben."

Nach dieser Besichtigung stieg er zusammen mit dem Stolberger und den anderen Rittern in den Turm. Dort ließen sie sich gemächlich in dem beheizbaren Raum nieder, wo man den Rest des Tages damit zubrachte, den kaum angezweifelten Sieg schon einmal im voraus zu feiern. Schließlich war morgen der Sankt Nikolaustag, und überhaupt brauchte man sich angesichts der starken Besatzung keine Sorge zu machen. Von den Landgräflichen würde keine Gefahr drohen.

Alle Vorsicht vernachlässigend, Bedenken einiger sächsischer Ritter ignorierend, ließ Friedrich von Beichlingen, bereits im Rausche, Wein an die Besatzung ausschenken.

Freudige Stimmung kam auf. Die Soldaten lobten ihn ob seines Herzens für den einfachen Kriegsmann. Schnell begann sich das Blut zu erhitzen. Die Kälte schwand aus den Zehen und Fingern. An vielen Lagerfeuern erklangen an diesem Abend lustige Lieder.

Eine der schillerndsten und herausragendsten Gestalten der Stadt Weißensee des 13. Jahrhunderts war Helmerich, der Marktmeister. In den Urkunden, in denen er als Zeuge genannt wurde, stand hinter seinem Namen, man verwendete die latinisierte Form Helmricus, magister fori. Damit wurde sein Amt, das Marktmeisteramt, umschrieben.

Im Jahr 1198, oder etwas davor, setzte Landgraf Hermann ihn in dieser Verantwortung ein. Helmerich galt als energisch, unternehmungsfreudig, in der Juristerei bewandert und trug jene Entschlossenheit in sich, die man brauchte, um eine Stadt und einen Marktplatz zu verwalten. Daneben leitete er den planmäßigen Aufbau der Stadt Weißensee, deren rechtwinkliges Straßennetz unbeschadet Jahrhunderte überdauern sollte. In den Kämpfen seines Fürsten gegen König Philipp und Kaiser Otto zählte er zu den verbissensten Verteidigern Weißensees. Sein Wappen war ein silberner Hecht auf blauem Grund.

Eines frühen Morgens, es war Anfang Dezember des Jahres 1211, gürtete Helmerich sein Schwert, eine teure Klinge, und ging festen

Schrittes über den Marktplatz, wo seine Stadtburg lag, zur landgräflichen Residenz hinüber, um sich mit dem Schenken von Vargula
zu beratschlagen. Die Kaiserlichen hatten nicht weit entfernt zur
Unterstützung der beabsichtigten Belagerung eine hölzerne Burg errichtet und bauten diese von Tag zu Tag weitflächiger aus. Hierin
wollten sie all das lagern, was sie für die Belagerung von Weißensee
benötigten. Nichts Schlimmeres gab es, als in Weißensees Nähe
solch eine Anlage zu dulden. Um sie am hellichten Tage anzugreifen, fehlten auf Grund der starken Besatzung die nötigen Streiter
und Kriegsmaschinen. Man mußte demzufolge anderes ersinnen.
Als der magister fori das stark befestigte und von einem mächtigen
Streitturm geschützte Tor der landgräflichen Burg durchschritt, fiel
ihm auf, daß sämtliche Ritter und Kriegsknechte, denen er begeg-
nete, ihre Rüstungen abgelegt hatten. Das machte ihn stutzig, denn
schließlich befand man sich im Kriegszustand, und jeder Ritter
sollte seine Muskeln für den bevorstehenden Kampf stählen.
Was gab es Besseres, als die Rüstung so viel und so oft zu tragen?
Sicherlich war dies wieder eine der Entscheidungen des Schenken,
von der er nichts wußte. Das stimmte ihn zornig.
Rudolf von Bilzingsleben, ein angesehener Ritter in den besten Jahren, groß von Statur und breitschultrig, trat dem Meister Helmerich in den Weg und grüßte ihn mit einem herzlichen:
„Ich wünsche euch einen schönen Tag, Meister Helmerich.“
Dieser – fast eineinhalb Köpfe kleiner – schaute grimmig zu ihm
hinauf und erwiderte:
„Ob dieser Tag schön wird, Herr Rudolf, werden wir noch sehen.“
„Was habt ihr, Meister Helmerich, daß ihr so wütend schaut? Ist es
die Kälte, die euch jeglichen Frohsinn erstarren läßt?“
„Nein, Herr Rudolf, es ist nicht die Kälte. Ich frage mich nur,
warum unsere Ritterschaft nicht in Waffen steckt. Haben wir die
Übung nicht mehr nötig?“
Sollte heißen, wer hat dies befohlen.

Mit dieser Frage erklärte sich dem Bilzingslebener das harte Gesicht des Magisters. Er wußte um die komplizierten Beziehungen zwischen Meister Helmerich und dem Schenken.

Schon so manches Mal hatte er zwischen beiden Streitigkeiten zu schlichten versucht. Umsonst.

„Der Schenk kontrolliert die Waffen. Er plant einen Angriff auf die Weißenburg."

„Was?" entfuhr es dem Magister bei dieser Nachricht, so daß alle Umstehenden sich zu den beiden Männern umblickten.

„Ist der von Sinnen?" fragte er, jetzt aber deutlich leiser.

„Fragt ihn am besten selbst. Er wollte sowieso mit euch darüber beratschlagen."

„Ich bin gespannt, was er sich von solch einem Unternehmen verspricht."

„Was ich mir von solch einem Unternehmen verspreche?" tönte es aus dem Hintergrund. Der Schenk von Vargula, der den magister fori die Burg heraufkommen gesehen hatte, war diesem unbemerkt entgegengegangen.

Meister Helmerich und Rudolf von Bilzingsleben waren im ersten Moment erschrocken.

Dann fragte Meister Helmerich erneut:

„Ja, Schenk, ich frage euch, was ihr euch von solch einem Unterfangen versprecht?"

„Ihr stimmt mir doch zu, daß die Weißenburg weg muß?"

„Da stimme ich euch zu."

„Nun, ich habe alle Ritter, die um Weißensee und an der Unstrut sitzen, herbefohlen. Von unseren Spionen erfuhr ich, daß Beichlingen und Stolberg den Sankt Nikolaustag auf der Weißenburg weilen. Die Gelegenheit, beide gefangenzunehmen und die Burg zu zerstören, ist also mehr als günstig."

„Die Weißenburg zu belagern, würde uns nur unnötige Kräfte kosten!" warf ihm Meister Helmerich entgegen.

„Ich habe nicht vor, die Weißenburg zu belagern."

„Wie, ich verstehe nicht recht."

„Wir werden diese Nacht den Berg von seiner steilen Seite besteigen, in die Burg eindringen und sie anzünden."

Schweigen. Dann:

„Glaubt ihr, die da oben schlafen?"

„Wir müssen eben vorsichtig sein und leise. Wenn alles nach Plan verläuft, wird es morgen schon keine Weißenburg mehr geben."

„Deshalb tragen die Ritter keine Rüstungen ..."

„Aus diesem Grund. Wir müssen leicht und beweglich sein. Es wäre nicht schlecht, wenn ihr mir bei diesem Angriff noch einige treffsichere Armbrustschützen aus eurer Stadtwache zur Verfügung stelltet."

Gegen diesen Plan wäre nichts einzuwenden, ginge er ohne Komplikationen vonstatten. Da der Überfall im Schutze der Nacht erfolgen sollte, könnte man sich bei massiver Gegenwehr immer noch geordnet zurückziehen.

„Ich werde euch ein gutes Dutzend meiner besten Bogner und Armbrustschützen auf die Burg schicken. Sie stehen damit unter eurem Kommando. Doch in Zukunft wünsche ich, daß ihr mich früher über solche Unternehmen unterrichtet!"

„Das hätte ich getan, aber die Entscheidung mußte schnell getroffen werden. Ihr versteht doch?"

Meister Helmerich nickte. Es war mit diesem Vargulaer immer dasselbe. In Rastenberg wurde mal einer erhängt, dem war keine Ausrede mehr eingefallen ...

Die Nacht war sternenlos und für den Dezember sehr mild. Überall herrschte Dunkelheit, die nur hier und da von trockenem Schnee erhellt wurde.

Die beiden Kriegsknechte, die auf der Plattform des Torturmes der Weißenburg ihren Wachdienst verrichteten, waren durch den Wein, den ihnen die Kameraden heraufgebracht hatten, dem Einschlafen nahe. In der kaiserlichen Burg herrschte, abgesehen von dem Schnarchen einiger Knechte und dem Knistern der ausgehenden Lagerfeuer, vollkommene Stille.

Die beiden Wachen starrten angestrengt in die dunkle Nacht. Sie waren noch jung an Jahren und überaus kräftige Burschen, weshalb man sie jetzt, wo die Älteren schliefen, für die Wache eingeteilt hatte.

Der kleinere von ihnen, ein lustiger Gesell mit braunen Augen, stammte aus dem Braunschweigischen und gehörte zu der Mannschaft eines Ritters, der dem kaiserlichen Feldherrn diente.

Der andere war ein waschechter Harzer. Groß, blond und mit einem furchteinflößenden Gebiß, das jedesmal, wenn er lachte, aufblitzte wie das eines Raubtieres. Beide hatten sich, wie man so schön sagt, gesucht und gefunden.

Um nicht doch noch einzuschlafen, unterhielten sie sich leise.

Hört, ihr jungen Männer! Worte in der Nacht haben so manchen das Leben gekostet.

Sie führten typische Kriegergespräche. Es ging um die Mädchen, die sie liebten und die in der Ferne auf sie warteten. Es ging um diesen verdammten Krieg und um seinen Sinn, von dem keiner wußte, ob er richtig oder falsch war, und es ging um Vater und Mutter, ihre Leiden und Mühen und ob sie noch am Leben waren oder nicht.

Sobald jedoch aus dem Wald das Knacken eines Zweiges drang, hielten sie in ihrem leisen Gespräch inne und schauten forschend, fast ängstlichen Blickes in den Wald hinein. Dann war nur das Klopfen ihrer Herzen zu hören.

Plötzlich knackte es wieder. Diesmal war es ganz nahe.

„Was war das?" fragte der eine erschrocken.

„Das war nur ein Tier", antwortete der Harzer.

Doch auch ihm war dieses Knacken unheimlich. Um sich und seinem Kameraden Mut zu machen, suchte er das Knacken auf Wildschweine zurückzuführen.

„Die armen Viecher graben bestimmt nach etwas zu fressen." Seinem Gegenüber war es trotzdem nicht geheuer.

„Vielleicht sollten wir doch lieber Alarm schlagen?"

„Du bist wohl nicht bei Trost! Wenn sich unser Alarm als totgeborenes Kind herausstellt, sind wir blamiert auf ewige Zeiten. Und den Zorn der anderen möchte ich nicht auf mich ziehen. Falls es Feinde sind, erkennen wir sie noch rechtzeitig genug. Außerdem, wer soll schon diesen Berg heraufkommen?"

„Du hast recht", pflichtete sein Gefährte bei. „Es werden nur irgendwelche Viecher sein."

Während der Harzer zum Weinkrug griff, um noch einen beherzten Schluck zu trinken, schwirrten zwei Armbrustbolzen, begleitet von dem ihnen eigenen fürchterlichen Geräusch durch die Luft und trafen seinen Kameraden in die Stirn und in die Brust. Das Kettenhemd, das er trug, nützte ihm nichts. Mit weit aufgerissenen Augen sackte er tödlich getroffen zusammen. Durch den Rausch, den der Harzer sich angetrunken hatte, und die Schnelle des Geschehens, begriff er nicht sofort, was mit seinem Freund passiert war.

„He, bist du besoffen oder was?" stammelte er, „steh hoch, sage ich dir!"

Doch bevor er sich bücken konnte, um seinen vermeintlich betrunkenen Wachkumpanen wieder auf die Beine zu stellen, wurde die Luft abermals durch schwirrende Armbrustbolzen zerschnitten. Durch den Mund, aus dem Hinterkopf heraustretend, hatte der erste Bolzen sofort sein Ziel getroffen. Der zweite war nicht minder tödlich. Augenblicklich brachte dieser sein Herz zum Stehen. Von dem widerlichen Geräusch brechender Zähne und dem nachfolgenden, plumpen Niederfallen eines menschlichen Körpers auf Holzbohlen aufgeschreckt, schlug die übrige Wachmannschaft Alarm. Allein es war zu spät.

Walther von Vargula erklomm als erster die Palisaden, die an den Torturm grenzten. Ihm folgten der Graf von Schwarzburg, Meister

Helmerich und Rudolf von Bilzingsleben. Mit wenigen kräftigen Handgriffen öffneten sie das Tor. Schnell war der Burghof mit kampferfahrenen Rittern und Bogenschützen gefüllt.

Laut erklangen die Befehle.

„Tötet die Wächter!"

„Erstickt den Widerstand!"

„Schießt den Turm in Brand!"

„Sucht den Beichlinger und bindet ihn!"

Die Strohballen, die man um den Turm der Weißenburg legte und anzündete, entfachten bald das munterste Feuer. Der Schenk von Vargula hatte richtig vermutet. Im Turm schlief der größte Teil der Burgbesatzung. Als die ersten torkelnd und völlig überrascht, nur ihre Untergewänder tragend, aus dem unteren Eingang ins Freie stolperten, wurden sie von einem Schwall von Pfeilen überschüttet. Andere, ihnen folgende, die bereits begriffen hatten, was geschehen war, suchten sich mit ihren Schilden zu decken, um dem dichten Qualm zu entfliehen und den todbringenden Pfeilen zu entgehen. Doch auch dies nützte ihnen nichts. Geübt und gewandt stachen die Knechte sie nieder. Walther von Vargula und die anderen Ritter suchten nach ihresgleichen. Der Widerstand, wenn es ihn denn überhaupt gegeben hatte, brach zusammen.

Gut ein Dutzend Ritter waren gefangengenommen, etliche Knechte erschlagen. Die Kriegsknechte, die die Scheunen durchkämmt hatten, waren nur auf ein paar schlafende Pferdetreiber gestoßen. Ohne Grund, wahrscheinlich im Überschwange oder auch aus niedrigen Instinkten, wurden zwei von den braven Burschen aufgeschlitzt. Später ging unter den Weißenseer Reisigen das Gerücht herum, es wäre ein Kerl namens Eule gewesen, der das getan hatte. Man sagte jenem Eule nach, er fände Gefallen daran, anderen Leuten die Kehle zu zerschneiden. Wie dem auch sei. Die Sache wurde nie untersucht. Außerdem starben an diesem Tag noch andere.

Beunruhigt war der Schenk von Vargula nur darüber, daß nirgends der Graf von Beichlingen zu finden war. Gleichwohl, dachte er bei sich, entweder ist er uns entkommen, was ziemlich unvorstellbar ist, oder lebt nicht mehr und ist im Turm verbrannt. Die gefangenen Ritter würden bei der Befragung vom Schicksal des Beichlingers berichten.

Wie sich später herausstellte, waren der Beichlinger und der Stolberger unter den gebundenen Rittern. Den Knappen, die sie sicher in Verwahrung genommen hatten, waren sie nicht aufgefallen. Vae victis!

Die Weißenburg wurde völlig zerstört. Zurück blieb nur ein schwarzer, schwelender Berg.

Dieser Tag war der Tag der Weißenseer.

Fröhlich zog die siegreiche Mannschaft mit hohen Gefangenen und reicher Beute wieder heim.

Gunzelin von Wolfenbüttel hatte die Reichsburg von Mühlhausen zur zeitweiligen Residenz gewählt.

Zufrieden mit dem bisherigen Verlauf des Feldzuges drückte der kaiserliche Feldherr sein Siegel mit dem über Ähren springenden Wolf und der Umschrift „Dapifer Gunzelinus de Wolfenbutelae" unter eine Urkunde. Es war das letzte einer Reihe von Schriftstücken, die der Feldherr noch heute an den Kaiser abzuschicken gedachte. Unter diesen befand sich auch ein Brief, den er erst in der letzten Nacht hatte schreiben lassen und in dem er dem Kaiser von dem Treueid des Grafen Friedrich von Beichlingen und dem Bau der Weißenburg Mitteilung machen wollte. Rechtzeitig zum Fest Christi Geburt sollte der Brief den Kaiser erreichen. Deshalb hatte er seinem Notarius befohlen, die Schriftstücke zusammenzupacken und sie an die jeweiligen Boten auszugeben.

Nachdem der Notarius den Raum verlassen hatte, ging Gunzelin von Wolfenbüttel an den Kamin und hielt seine Hände dicht bei den heißen Flammen. Die brennenden Holzscheite wärmten nicht nur seine Hände, sie brachten auch Ruhe in sein Gemüt. Die letzten Tage waren anstrengend und zermürbend gewesen.

Hier wollte jemand wissen, wie er es genau anstellen sollte, dort hatte jemand einen Fehler begangen, und wieder ein anderer hatte überhaupt nichts gemacht. Ein jeder verlangte etwas von ihm. Umso angenehmer wirkte das lustige Knistern des Feuers.

Draußen näherten sich schnelle, große Schritte der Tür. Kurz darauf trat nach hektischem Klopfen, ohne die Erlaubnis zum Eintreten abzuwarten, der Graf von Schwerin in den Raum. Sein Gesicht war aschfahl. Erstaunt und leicht mißmutig sah ihn der Feldherr an.

„Was ist mit euch, Graf?"

„Herr, soeben traf ein Späher ein … er …"

Der Graf stockte. Er konnte das Entsetzliche kaum in Worte kleiden.

„Nun sprecht schon und spannt mich nicht auf die Folter!"

„Mein Feldherr", sagte er tonlos, „die Weißenburg wurde zerstört." Gunzelin, der in seinem Leben schon so manche verderbliche Nachricht hören mußte, hielt das für einen schlechten Scherz.

„Wollt ihr mir durch dieses törichte Geschwätz den Abend verderben, oder wie?"

Der Schweriner schüttelte langsam, finsteren Blickes den Kopf. Das sah zu glaubwürdig aus.

„Sagt mir das noch einmal!"

„Es ist so. Die Weißenburg wurde zerstört. Letzte Nacht überfielen die Thüringer unsere Befestigung. Dabei gerieten der Beichlinger und der Stolberger in Gefangenschaft. Die ganze Burg wurde ein Opfer der Flammen. Unsere Verluste …"

„Ich kenne unsere Verluste", schnitt ihm der Wolfenbütteler das Wort ab. Durch die Nase atmend, die Arme in den Hüften, versuchte er das Unglaubliche in sich aufzunehmen.

Eine Weile herrschte Stille. Dem Schweriner kam es wie eine Ewigkeit vor.

„Mein Gott, wie konnte so etwas nur passieren?"

„Es soll kaum Widerstand gegeben haben."

„Kaum Widerstand? Hat man es denn nur mit Versagern zu tun?" Der Feldherr sah mit starren Augen auf sein Schreibpult.

„Wir sollten die Gefangenen auszulösen versuchen."

„Glaubt ihr allen Ernstes, Hermann von Thüringen liefert uns die Versager aus?"

Das „Versager" klang bitter, und Gunzelin von Wolfenbüttel mußte sich zusammenreißen, um vor Wut nicht in Tränen auszubrechen.

„Und überhaupt, wir brauchen jetzt jede Silbermark, um die Verluste auszugleichen. Oder meint ihr, das Heer des Kaisers kann vom Staubfressen leben?"

Der Schweriner schwieg. So zornig und unbeherrscht hatte er den Feldherren noch nie erlebt.

Tatsächlich war durch diese Niederlage die Belagerung Weißensees extrem gefährdet. Gunzelin von Wolfenbüttel hatte in seiner langjährigen Zeit als Kriegsmann genügend Erfahrungen gesammelt, um zu wissen, daß man eine solche Burg nur durch gründliche, ausreichende Vorbereitungen erfolgreich belagern kann. Man mußte an die verschiedensten Dinge denken. Unter keinen Umständen durfte es passieren, daß die Verpflegung ausging.

Welch Verhängnis für ein Heer, dessen Krieger mit leeren Bäuchen kämpfen sollen!

Jetzt galt es, schleunigst neue Reserven zu sammeln.

Das Heer des Kaisers erwartete man bereits für das kommende Frühjahr.

Der Kaiser!

Wie ein kaltes Schwert bohrte sich dieser Gedanke durch Gunzelins Brust.

Der Brief!

„Sucht den Notarius, Graf! Schnell, holt ihn herbei! Ich befahl ihm, Nachrichten zum Kaiser zu senden. Er soll die Schriftstücke sofort zurückbringen. Sofort! Hört ihr?"

„Ich werde eilen."

Damit verließ der Graf den Raum, froh aus dem Gesichtsfeld des Feldherrn entschwinden zu können.

Gunzelin von Wolfenbüttel ballte die Fäuste.

Seine Gesichtszüge schienen von Qualen gezeichnet. Schlimmste Befürchtungen schossen ihm durch den Kopf. Aber alle liefen auf das eine hinaus. Gelänge es ihm nicht, die katastrophale Niederlage auszumerzen, würde Weißensee nur schwer zu nehmen sein, vielleicht gar nicht, und dann würde eine vollkommen unüberschaubare Situation eintreten. Andere Fürsten, als erster gewiß der Meißner, würden vom Kaiser abfallen.

Innocenz, der alte Ränkeschmied, bekäme genügend Zeit, weitere Intrigen einzufädeln, das apulische Kind und seine Hintermänner hätten eine neuerliche Chance, nach der Krone zu greifen, und das Reich, ja, das Reich fiele wiederholt in tiefste Ohnmacht.

Nicht auszudenken!

Eine Blamage jedoch blieb dem kaiserlichen Feldherrn versagt.

Der Graf von Schwerin bekam den Notarius noch rechtzeitig zu fassen. Dieser, von der Stimmung seines Herrn unterrichtet, näherte sich diesem unterwürfig.

Gunzelin von Wolfenbüttel riß ihm die Schriftstücke aus der Hand.

„Ihr könnt euch entfernen. Ich brauche euch heute nicht mehr."

Der Notarius verließ eilig das Zimmer.

Gunzelin öffnete das Paket und suchte den Brief, den Brief mit den vielen, gestern noch für wahr gehaltenen Erfolgsmeldungen. Als er das Pergament fand, packte es mit festem Griff und riß es in mehrere Stücke. Grimmigen Herzens warf er die Fragmente ins Feuer. Dort wurden sie, den Historikern für immer verloren, schnell zu Asche.

Die graue Eminenz

In einem nicht für jedermann zugängigen Raum der Burg von Aquileija fand an einem verregneten, kalten Tag des Jahres 1211 eine wichtige und geheime Versammlung statt.

Der Patriarch Wolfger von Aquileija hatte alle Grafen und Ritter, die von ihm Lehen empfangen hatten, zu sich an den Hof rufen lassen. Wichtiges galt es zu besprechen, Wichtiges galt es zu entscheiden. Schon bald würde der Kaiser mit seinem Heer die Alpen überschreiten, und man mußte ihm jedwede Hilfe zuteil werden lassen, die ihm zur Erreichung seiner Ziele dienlich war. Aber nicht nur die Geschicke des Reiches galt es zu bestimmen, auch ihre eigenen Schicksale mußten gelenkt werden.

Otto von Poitou, der deutsche Kaiser, hatte sein Versprechen, Sizilien nicht für sich zu beanspruchen, gebrochen. Darauf sprach Papst Innocenz den Bann über ihn. Durch Absprache mit Innocenz und französischem Geld waren einige deutsche Fürsten vom Kaiser abgefallen. In Nürnberg riefen sie den Enkel Barbarossas, Friedrich Roger, auch das Kind von Apulien genannt, zum neuen Herrscher aus. Daraufhin brach Otto, der gerade in Apulien kämpfte, um den staufischen Knaben zu bezwingen, seinen ansonsten erfolgreichen Feldzug ab. Er glaubte zwar, in Windeseile die Aufständischen und ihnen voran den Landgrafen Hermann von Thüringen niederzuwerfen, aber schnell konnte sich daraus ein fataler Zweifrontenkrieg entwickeln.

Um so wichtiger war es, dem Kaiser ohne Aufschub neue Truppen zuzuführen. Auch eine besondere Belagerungsmaschine, die man in den welschen Landen schon länger kannte, wollte man ihm für seinen deutschen Feldzug zur Verfügung stellen.

Die grauen Regenwolken, die die Türme der Burg von Aquileija einhüllten, wichen dem Dunkel der Nacht.

Wolfger war mit dem Ergebnis dieser Versammlung zufrieden. Um zu einem Ende zu kommen, gebot er durch das Heben der rechten Hand den murmelnden Herren Ruhe. Dann sprach er:

„Meine lieben getreuen Herren! Wir haben an diesem Tag höchst notwendige Dinge besprochen. Unser Notarius wird einem jeden von euch ein Schriftstück übergeben, in dem nochmals alle Weisungen festgehalten sind. Ich gehe davon aus, daß ich eurer Treue zum Kaiser und zum Reich gewiß sein kann."

Der Patriarch machte eine kurze Pause, um die Gesichter der Anwesenden zu studieren. Doch an keinem vermochte er Zweifel oder gar Ungehorsam abzulesen.

„Nun, da ich an niemandem von euch Unwillen gegen unsere Festlegungen erkennen kann, fordere ich euch auf, ohne zu zaudern noch heute abend heimzukehren und alle Aufgaben zu erfüllen. Gott der Herr wird uns seinen Beistand nicht verwehren."

Bevor der Patriarch die Herren entließ, erteilte er ihnen den Segen. Folgsam und ohne Murren machten sie sich auf den Weg zu ihren Burgen. Nur den Grafen Meinhard von Görz hielt er zurück. Dieser zählte zu den engsten Vertrauten des Patriarchen.

Graf Meinhard, in seiner Person Schutzvogt von Aquileija, war ein stämmiger, krummbeiniger Mann mittleren Alters und durch und durch ein Krieger. In all den Jahren, in denen er im Sattel gesessen hatte, war er abgestumpft.

Er kannte nur noch das Verlangen, Menschen zu befehlen und seinen Besitz zu mehren. In ihm hatte der Patriarch einen zuverlässigen Streiter und Beschützer, – jedenfalls solange, wie er ihn förderte und seinem Streben nach Macht und Land entgegenkam. Diesem wandte sich Wolfger von Aquileija nun zu.

„Mein lieber Graf! Vor geraumer Zeit bat ich euch, das Angebot der Capuaner, uns Belagerungsmaschinen zur Verfügung zu stellen, nachzuprüfen. Jetzt frage ich euch, was daraus geworden ist."

„Ich sprach mit dem Podesta von Capua. Er bekräftigte seine Zusage. Auch eine völlig neuartige Maschine, eine gewaltige Steinschleuder, würde er dem Kaiser leihen, vielleicht sogar verkaufen. Ich habe mir die Konstruktionspläne dieser Waffe angesehen. Kann man den Ingenieuren Glauben schenken, so wird keine noch so starke Burgmauer ihr widerstehen können. Sie beruht auf der Technik der Trebuchet genannten Wurfmaschinen.

Bei zahllosen Belagerungen, so erzählt man, sind diese Waffen so schußgenau, daß man den Kopf einer Nadel mit ihnen treffen könnte. Selbst wenn der Thüringer über die festeste Burg gebieten sollte, die es gibt, werden wir sie mit dieser Waffe brechen."

„Mich freut dies zu hören. Dennoch wäre mir wohler, wir würden diese neuartige Waffe vollends in unseren Besitz bringen. Deshalb bitte ich euch, nochmals mit dem Podesta zu sprechen und ihm diese Maschine abzukaufen. Der Kaiser, ich werde ihn darüber informieren, wird sicherlich zustimmen und der Stadt Capua in gewissen Fragen, ihren Handel betreffend, entgegenkommen. Richtet das dem Podesta aus."

„Die Capuaner sind Händler, Eminenz, sie werden uns die Waffe verkaufen."

Ja, Händler, dachte der Patriarch, sie verkaufen an den Meistbietenden, egal ob Kaiser oder Papst. Er würde den großen Städten gegenüber immer mißtrauisch bleiben, selbst wenn er den Handel förderte.

„Graf Meinhard, ich vertraue euch in dieser Sache. Versprecht ihnen, was sie hören wollen, zahlt ihnen eine angemessene Summe, aber beschafft uns diese Waffe. Wenn sie wirklich so zerstörerisch sein soll, wie ihr mir beschrieben habt – und ich muß euch glauben – werden wir sie nicht nur in Thüringen einsetzen. Es gibt hier noch eine Vielzahl Nester, die ausgeräuchert werden müßten."

„Eminenz können mir die Sache getreulich überlassen. Wir werden dem Kaiser die neuesten Kriegsmaschinen und einige Tausend Ritter und Kriegsknechte zuführen."

„Ich möchte, daß ihr, wenn die Zeit gekommen ist, dem Kaiser nicht von der Seite weicht. Beratschlagt ihn beim Kampfe gut und schützt sein Leben. Ihr bürgt mir dafür!"

„Ich werde euch nicht enttäuschen, Eminenz."

Das verhärtete Gesicht des Patriarchen lockerte sich auf.

„Ihr wart mir immer treu ergeben. Haltet fest zum Kaiser und euer Schaden soll es nicht sein. Geht jetzt."

Meinhard von Görz verneigte sich tief und verließ mit dumpfen Schritten das Palais des Patriarchen.

Wochen waren ins Land gegangen. Den Patriarchen, der nichts vom Kaiser vernommen hatte, befiel eine nervöse Unruhe, nicht wenig durch die Person des Kaisers selbst genährt.

Und so entschloß er sich, dem Kaiser einen Boten zu senden – den Magister Laurentius.

Der Magister Laurentius war, ganz anders als ein Meinhard von Görz, ein Mann, der seine besten Jahre schon hinter sich hatte. Trotzdem wirkte er durch seine lustigen blauen Augen eher jugendlich. Ihm stand stets und ständig Schweiß auf der Stirn, begründet durch seine schwächliche Konstitution. Seine Glieder waren dünn und kraftlos, und dennoch konnte er eine gewisse Zähigkeit entwickeln, eine Zähigkeit, die ihm fast niemand zutraute. Er war ein Mann, der es gewohnt war, alles aus sich herauszuholen, der sich unmenschlichen Strapazen aussetzte, selbst wenn er, was er genau wußte, dabei seine Gesundheit ganz und gar aufs

Spiel setzte. Diesem Geistlichen, der stets in schlichten, dunklen Gewändern einherging, der Prunk und Kostbarkeiten ablehnte, der in nichts jenen stolzen Rittern glich, sah man es kaum an, daß er in die geheimsten Pläne des Patriarchen und auch die des Kaisers eingeweiht war.

Der Patriarch schätzte diesen Mann. Nicht nur wegen seiner Verschwiegenheit und absoluten Loyalität, sondern vielmehr wegen seiner Fähigkeit zur Improvisation und seines diplomatischen Geschicks. Schon oft war es dem Magister Laurentius gelungen, die verworrensten Knoten zu lösen. Diesem Magister Laurentius hatte der Patriarch im großen Spiel um die Macht eine äußerst delikate Rolle zugedacht. Schon des öfteren hatte er ihm die kompliziertesten Aufträge erteilt. So stand er auch an diesem Tag, still und gehorsam der Dinge harrend, die da kommen sollten, vor Wolfger von Aquileija.

Dieser strich sich würdevoll über seinen rotbraunen Bart, der hie und da von weißen Härchen durchsetzt war. Mit einem Handzeichen deutete er an, daß er, der Magister Laurentius, sich setzen solle. Laurentius zog einen Schemel unter dem Tisch hervor und nahm darauf Platz. Inzwischen war der Patriarch an einen hölzernen, reich verzierten Schrank herangegangen und nahm eine wunderschöne gedrechselte Kanne voll Weines und zwei silberne Becher heraus. Gemächlich ließ er sich dem Magister Laurentius gegenüber nieder.

„Ihr trinkt doch einen Schluck mit mir?" fragte er, mit einem nicht zu überhörenden Quentchen Nachdruck.

„Sehr gern, Eminenz", antwortete Laurentius.

Der Patriarch füllte die Becher bis zum Rand.

„Es steht zur Zeit für uns noch alles günstig, mein lieber Laurentius."

„Dennoch, Eminenz, gebietet es die Stunde mißtrauisch zu sein. Verrat ist vielerorts. Die Giftmorde häufen sich. Seit dem plötzlichen Tod Kaiser Heinrichs herrscht überall Unfrieden, ein Übel, dem man nun endlich begegnen muß."

„Ihr sprecht mir aus dem Herzen, lieber Laurentius, doch laßt uns, bevor wir zur Sache kommen, ein Schlückchen trinken."

Beide Männer führten die Becher an den Mund und kauten den edlen trockenen Wein.

„Ein kostbarer Tropfen."

Die Augen des Patriarchen funkelten.

„Fürwahr, Eminenz."

Wolfger von Aquileija schwenkte seinen Becher.

„Ich habe euch für eine besondere Mission ausgewählt, mein lieber Laurentius."

„Ich bin immer für euch da, Eminenz."

„Ihr wißt, daß der Kaiser sich bereits vor längerer Zeit mit der Tochter des ermordeten Königs Philipp, Beatrix, verlobt hat. Nun kennt ihr ja unseren Herrn, den Kaiser, der zwar ein großer Krieger, aber kein Mann der Ehe ist."

Der Patriarch trank in diesem Augenblick seinen Becher leer, um mit verbissenem Unterton weiterzusprechen.

„Vielmehr buhlt er mit seinen Konkubinen. Die Hochzeit zwischen dem Kaiser und der Prinzessin Beatrix wäre aber von höchster Wichtigkeit für ihn und die Geschicke des Reiches. Durch diese Blutsvermischung zwischen ihm und der Schwäbin würden die meisten Anhänger der Staufer zu uns überlaufen, würden alle Zweifler auf unsere Seite gezogen."

Wolfger von Aquileija schenkte sich abermals ein.

Er trinkt in letzter Zeit sehr viel, dachte Laurentius.

Als ob der Patriarch die Gedanken seines engsten Vertrauten erraten hätte, schüttelte er sein Haupt.

„Nein, Laurentius. Nur heute ein kleines Schlückchen mehr. Aber laßt mich fortfahren. Ihr werdet bemerkt haben, daß uns viel an dieser Verbindung der beiden liegt. Nun zu eurer Aufgabe.

Ich möchte, daß ihr mit Argusaugen darüber wacht, daß der Kaiser diese Ehe auch wirklich eingeht, wenn nötig ihn mahnt und in meinem Namen ermuntert. Ich traue dem Kaiser zu, daß er das Mädchen in ihre Erblande zurückschickt und sich so den Zorn und den Verdruß der Staufer auf sich zieht. Zu lange hat er nichts von sich hören lassen. Bedenkt dabei, daß das Kind von Apulien unserer Sache immer noch gefährlich werden kann. Man sagt, Friedrich soll schon ein junger Herr sein und durchaus gebildet. Wie dem auch sei, erinnert den Kaiser an das Versprechen, das er mir gab, käme er nach Deutschland, würde er die Prinzessin Beatrix von Schwaben heiraten."

Mittlerweile war die Nacht hereingebrochen, und Finsternis breitete sich aus. Merklich wurde es kühler. Der Patriarch rief einen Pagen, der zwei Fackeln entzündete. Als dieser den Kamin anheizen wollte, schickte Wolfger ihn hinaus.

„Wir werden nicht mehr lange sitzen."

Laurentius bereitete sich in Gedanken bereits auf seine große Reise vor, die ihn viele Monate in unwirtliches Klima bringen sollte.

„Ihr werdet durch eine Gruppe auserwählter Ritter und Knechte zum Heer des Kaisers geleitet. Ich gebe euch für den Kaiser einen Brief mit, in dem alles nochmals aufgeschrieben ist. Ich möchte, daß ihr mich über die wichtigsten Ereignisse umgehend informiert. Sobald der Feldzug in Thüringen erfolgreich beendet ist, oder besser doch vorher schon, kehrt ihr zurück. Es wird dann zu beraten sein, wie man mit dem apulischen Kind verfährt. Das Wichtigste wird es sein, zu verhindern, daß der junge Friedrich ein Heer aufstellt und dem Kaiser in den Rücken fällt. Glücklicherweise fehlen ihm dazu erdenkliche Mittel. Habt ihr Fragen, mein lieber Laurentius?"

„Nein, Eminenz. Ihr könnt meiner Dienste gewiß sein. Ich werde alles Nötige tun und veranlassen."

„Ich danke euch, Laurentius. Es wird die letzte große Reise sein, auf die ich euch schicke."

„Dank zu sagen, gebührt mir, Eminenz, für euer Vertrauen."

„Ihr habt mich noch nie enttäuscht, Laurentius, doch geht jetzt und begebt euch zu Bett. Es ist schon sehr spät geworden, und schwere Tage stehen bevor. Gott gebe euch Kraft und Mut. Für ein paar Annehmlichkeiten stecken in euerm Packtier ausreichend Agleier."

„Ich werde sie den Armen geben."

„Macht damit, was ihr wollt."

Die beiden Geistlichen umarmten und küßten sich. Dann verließ Laurentius den Patriarchen.

Wolfger von Aquileija strich sich über das Gesicht.

Die Falten werden immer mehr, dachte er. Es waren Sorgenfalten.

Landgraf Hermann

ఎ

*Wer ein Ohrenleiden hat, dem kann ich nur raten, dem Landgrafen-
hofe fernzubleiben, denn kommt er dorthin, so wird er wahrhaftig
taub.*

*Ich habe das Gedränge bei Hofe bis zum Überdruß mitgemacht: Ein
Haufen tobt heraus, ein anderer hinein, und das bei Tag und Nacht.
Nicht zu fassen, daß da überhaupt noch jemand etwas hört. Und des
Landgrafen Art ist es, sein Hab und Gut mit stolzen Haudegen
durchzubringen, von denen jeder das Zeug zu einem Berufsfechter
hat, der für das Geld anderer Leute Händel austrägt.*

*Die „noble" Art des Landgrafen kenne ich wohl: Wenn er für ein
Fuder guten Weines gleich eine Unsumme zahlen müßte, vor leerem
Becher säße deshalb keiner seiner Ritter!*

Walther von der Vogelweide

Landgraf Hermann, der freizügige Fürst, hatte an diesem Abend seine gesamte Ritterschaft und alle noch treu zu ihm haltenden Grafen zu sich rufen lassen, um ein letztes, großes Fest zu feiern, bevor die Mauern Weißensees umschlossen und bestürmt werden würden.

Er wollte sich der Treue seiner Gefolgsleute versichern, und das Versprechen auf hohe Belohnung, sollte es glücken, die Feinde dennoch abzuwehren, einem jeden gegenüber erneuern.

Zu diesem Zweck hatte das Gesinde unter den wachen Augen der Landgräfin schon Tage vorher damit begonnen, den großen Saal der Burg festlich auszuschmücken. Tüchtig wurden die kunstvoll gewirkten Wandbildteppiche ausgeschüttelt, milbige Felle von Bär, Hirsch oder Löwe ausgebürstet. Ein halbes Dutzend Burgfräulein suchten im Blumen- und Pflanzenpflücken Beschäftigung. Zwei Pagen entfernten den Falken- und Taubendreck von der Galerie, die das ganze Jahr lang diesen höchst unschönen Ausscheidungen ausgesetzt war.

Andere, niedrigere Diener, wischten die Treppen und Fußböden. Aus der Schatzkammer des Landgrafen holte man mehrere Fuß hohe, kostbare Kerzenleuchter heran. Der Schenk von Vargula gab aus dem Tafelgeschirr prunkvollste Pokale, die feinsten Becher, zarte Gläser und Teller heraus.

Auch von Meistern gedrechselte Weinkannen, Silberschalen für erlesene Früchte und bronzene Duftspender, in bizarrsten Formen Fabeltieren gleich, die einzig dazu dienten, die Luft mit erfrischenden, wohltuenden Kräutern und Pflanzenölen anzureichern, fand man an diesem späten Nachmittag auf der landgräflichen Tafel. Nirgends wurde gespart.

Das Wetter war den Weißenseern hold, wie immer. Herrlich warme Luft drang durch die Arkaden.

Als Landgraf Hermann, auf dessen Brust der unerschrockene thüringische Löwe prangte, und an seiner Seite die Landgräfin Sophie, stolz und einer fürstlichen Gastgeberin durchaus würdig, in den Saal traten, erschollen klangvoll schmetternde Posaunen.

Dem Landgrafen folgte Graf Heinrich von Anhalt und seine Frau Irmengart, des Landgrafen Tochter sowie der Graf von Schwarzburg samt Gemahlin, ihnen die edelsten Herren mit ihren Frauen und Knappen. Standesgemäß nahm man an der langen Tafel Platz. Alle Ritter hatten zu diesem Fest ihre teuersten Gewänder angelegt, trugen die schönsten Waffen, einige sogar Beutestücke aus dem Heiligen Land, die ihnen bereits die Väter und Großväter vererbt hatten.

Die Frauen waren nicht weniger prächtig gekleidet. Anmutig erstrahlten ihre geschmückten Häupter, auf denen mit Silber und Gold durchwirkte Gebende ruhten. Manche waren in pure orientalische Seide gekleidet.

Nur einige Ritter, die aus dem weiten Norden stammten, wußten sich nicht dem Anlaß gemäß zu kleiden. Sie saßen am Schluß der Tafel.

Es waren ihrer wohl vierhundert, die sich an diesem Tag um die Tafel des Landgrafen versammelten, Männer wie Frauen. Unbeschreiblich die Fülle der Farben, die den Saal von den sonst gelblich, kalkfarbenen Türmen und Mauern der Burg abhoben.

Einige von den Rittern, die gekommen waren, sollten hier Erwähnung finden.

Zu nennen wären die edlen Herren von Salza, Heldrungen und Berlstedt, selbstverständlich der Schenk Walther von Vargula, der Zerstörer der kaiserlichen Weißenburg, der Truchseß von Schlotheim, der Kämmerer von Fahner, der Marschall von Ebersberg, Meister Helmerich, der Marktmeister von Weißensee, Rudolf von Bilzingsleben und nicht zuletzt der tugendhafte Schreiber, Herr Heinrich von Weißensee.

Landgraf Hermann war es dann, der sich erhob und sprach:

„Meine lieben Getreuen! Voller Freude ist mein Herz, euch so zahlreich hier versammelt zu wissen.

Der falsche Kaiser ist auf des Reiches Thron. Er führt das Reich ins Unglück und streitet mit dem Heiligen Vater in Rom. Friedrich von Hohenstaufen, der Sohn Kaiser Heinrichs, König von Sizilien und ein uns Verwandter, ist der rechtmäßige Herrscher. Im Verbund mit anderen, angesehenen Fürsten und Bischöfen erwählte ich ihn in Nürnberg zum König."

In diesem Augenblick rief der Graf von Schwarzburg, ganz wie es abgesprochen war:

„Es lebe Friedrich von Hohenstaufen, der neue deutsche König."

Aus Hunderten von Kehlen tönte es beistimmend:

„Es lebe Friedrich von Hohenstaufen, der neue deutsche König."

Hermann von Thüringen setzte sodann fort:

„Nun ist der tyrannische Otto mit gewaltiger Heeresmacht dabei, uns zu vernichten. Seinen Feldherrn hat er vorausgesandt, uns zu schädigen. Doch wir haben ihm Einhalt geboten. In Flammen ging sein Werk auf. Die Verräter haben wir gefangengenommen. Gleich so soll es dem Tyrannen ergehen.

Man erzählt sich, daß in seinem Heere eine fürchterliche Waffe mitgeführt wird. Seis drum, ihr edlen Herren, euer Mut und die Mauern Weißensees werden dafür sorgen, daß seine Macht hier endet, daß seine Krone hier zerbricht.

Weißensee ist stärker als je zuvor. Noch nie wurden seine Mauern überrannt, und so soll es auch in Zukunft sein. Wenn des Tyrannen Angriff abgeschlagen, wird ein jeder mehr als reichlich belohnt, von mir und König Friedrich. Dies gelobe ich vor Gott!"

Der Landgraf erhob die Hand zum Schwur. Mit Begeisterung pochten die Ritter auf die Tafel, die Wachen schlugen die Lanzen gegen die Schilde, Beifall erfüllte den ganzen Saal.

„Es lebe Hermann, der Landgraf von Thüringen!" wurde gerufen und „Es lebe Friedrich, der neue deutsche König!"

Als die Zustimmungsbekundungen allmählich abzuklingen begannen, sprach Hermann weiter:
„Doch laßt uns den Tyrannen und sein Heer für heute wenigstens vergessen. Laßt uns nun fröhlich sein und feiern, mit allem, wie wir es auch sonst taten."
Wiederum brach Jubel los, und die Posaunen wurden geblasen.
Wie es am landgräflichen Hofe Sitte war, wurde nun aufgetafelt. Die Pagen brachten vom edelsten Fleisch das Beste: Hirsche, Rehe, Wildschwein, Kapaunen und Täubchen.
Während des Schmausens wurden Lieder und Sprüche vorgetragen, den Sängern zum Leid. Alle huldigten Hermann, dem Fürsten vom Thüringer Land, einer nach dem anderen. Nur dem Notarius von Weißensee blieb es vorbehalten, sich an diesem Tage eine Pause zu gönnen, wiewohl aus gutem Grunde.

So mancher unter den Rittern konnte der Sangeskunst nichts abgewinnen. Doch da der Landgraf ein großer Freund und Förderer der Dichter war, wagte niemand sie zu stören. Landgraf Hermann, um den Geschmack einiger seiner Ritter wissend, hatte sich eine ungewöhnliche Unterhaltung einfallen lassen.
Nicht wenige seiner Mannen, die das Morgenland kannten und wegen seiner Frauen schätzen gelernt hatten, waren von orientalischen Frauen in den Bann getan. Der Grund für ihre Neigung blieb dem Landgrafen verborgen, aber er hegte dennoch keine Einwände.
So ergab es sich also, daß in dem Gesinde, welches der ungarische König Andreas der Prinzessin Elisabeth an die Seite gestellt hatte, auch eine überaus aufreizende Sarazenin war.
Sie mußte eines Fürsten Tochter sein, von Allah mit übernatürlicher Schönheit geschaffen. Ihr Name war Salme. An Größe überragte sie die meisten Ritter um fast einen halben Kopf. Besonders auffallend an ihr waren, reinen sarazenischen Frauen völlig fremd,

die blauen Augen. Das Haar, schwarz wie das Federkleid des Raben, wallte hinunter bis zu der Stelle, wo der Rücken endet. Ganz anders als die Haut der anwesenden Damen, schimmerte die ihrige wie das Fell eines arabischen Hengstes.

Als Salme inmitten des Saales zu tanzen begann, begleitet von Musikanten mit Pfeife, Trommel und Schalmei, fing das Blut der jungen Ritter an zu kochen.

So eine Schönheit, so eine verführerische Ungläubige hatten sie noch nie gesehen, selbst im Heiligen Lande nicht. Aber auch die älteren Herren konnten ihre Blicke nicht von ihr wenden. Salme war an gewissen Stellen überhaupt nicht und an einigen viel freizügiger gekleidet, als die Damen der Ritter. Mit schlangenhaften Bewegungen verstand sie es, ihre Reize zur Schau zu stellen.

Ihr Tanz, der immer schneller und heftiger wurde, erhitzte sie und überzog ihren Leib mit winzigen Schweißtropfen. Öfter und öfter spreizte sie die Beine, wölbte den Bauch vor und zurück, kreiste mit den Hüften, so daß den Rittern der Atem stockte. Im Rhythmus der Musik warf sie ihr schwarzes Haar in wilden Halbkreisen hin und her. Schon begannen die ersten unter der jungen Ritterschaft merkwürdig nervös zu werden.

Unverständliche Worte wurden gerufen.

Landgraf Hermann, die gesamte Szene beobachtend, stellte nur allzu schnell eine unverkennbare Verdrossenheit bei den anwesenden Damen fest. Um nicht unkontrollierbare Zwistigkeiten auszulösen, entschied er sich, den Tanz abrupt zu beenden.

Das Fest hatte seinen Höhepunkt erreicht. Salme, ihren Triumph über die abendländischen Frauen genießend, ging ab und warf dabei nicht wenigen Rittern vielsagende, feurige Blicke zu.

Ob es vielleicht Ritter bei ihr versucht haben, weiß niemand zu berichten.

Landgraf Hermann löste die Tafel auf und vertiefte sich mit dem Grafen von Schwarzburg in ein Gespräch. Schnell bildeten sich viele Grüppchen, intensiv miteinander beratschlagend und zuweilen ausgelassen scherzend. Vor allem die jungen Ritter übertrieben das Maß und riefen damit den Schenken von Vargula auf den Plan, der kurz und ungebunden für die nötige Ruhe sorgte. Denn trotz der hohen Stimmung durfte man eines nicht vergessen: den Feind vor den Toren.

Burg und Stadt Weißensee wurden zum waffenstarrenden Heerlager. Täglich strömten aus allen Himmelsrichtungen Kämpfer herbei, darunter viele Ritter und Knappen. Bald fand sich in den Mauern Weißensees eine gewaltige Streitmacht, entschlossen, diesen Mittelpunkt landgräflicher Macht um jeden Preis zu halten. Hell durchdrang das Schlagen der Schmiedehämmer das Stimmengewirr. Wie geschickt die Schmiede aus glühendem Eisen Schwerter und Lanzenspitzen herstellten! Der geschickteste von ihnen war Ragen, der Schwarze. Niemand wußte, woher er gekommen war, selbst Meister Helmerich, der Marktmeister, nicht. Trotzdem ließ er ihn arbeiten. Wenn Ragen, jung an Jahren und mit gebräunten Muskeln zum Essen ging, vergaß er niemals seinen besten Freund, einen munteren und kecken Raben, wild im Korb flatternd, auf dem Rücken mitzunehmen. Lang wallten die glatten schwarzen Haare über seine Schultern, die immer mit einer feinen Ascheschicht überzogen waren. Wenn er sich näherte, machten ihm die Leute den Weg frei. Nicht aus Furcht, denn er hatte stets ein freundliches Lächeln auf den Lippen. Es war vielmehr das Geheimnisvolle, das Mystische, das in ihm steckte und sich Platz verschaffte. Besonders für die Augen der jungen Frauen wurde er zum Anziehungspunkt. Er selbst hatte keine Gefährtin. Doch man konnte schon glauben, daß sich bald die Richtige für ihn finden würde. Vielleicht eine germanische Schöne mit langen hellen Haaren, eine Tochter der Freya, und heiß, gleich der Glut im Kohlenbecken.

Bald wurden die wunderlichsten Geschichten über ihn erzählt. Einige glaubten zu wissen, er sei ein Sohn des Vulkans, aus dem Inneren der Erde emporgestiegen, um die Welt der Menschen kennenzulernen. Rudolf, der Sohn Rudolfs von Bilzingsleben, ließ sich von ihm ein Schwert schmieden, welches ihm in dem harten Kampf, der einst am Ende der Herrschaft der Landgrafen um Thüringen entbrennen sollte, große Dienste leistete.

Aber nicht nur Schmiede weilten im Heerlager von Weißensee. Töpfer, Seiler, Faßbinder und Köche waren zu finden, unermüdlich bei der Arbeit. Besonders die Köche und Fleischer! Und die Küchenjungen! Einem von denen erging es arg. Abgestellt, einen deftigen Erbseneintopf zu hüten, sprich die Überreste für den nächsten Tag in den Keller zu schaffen, hatte der Ärmste über dem Lärm und den pausenlosen neuen Anweisungen des Küchenmeisters diese Aufgabe vollkommen vergessen. So stand die Erbsenbrühe, fest verschlossen, in der Hitze und auch während der Nacht im Freien. Am nächsten Tag, als eine hungrige Mannschaft zum Essen kam, brach der Tumult los, nachdem der Koch den Deckel gehoben hatte. Wie fluchte der Küchenmeister, als er in dem Eisenkessel statt eines Erbsengerichts eine übel stinkende, blasenbildende, häßliche gelbgrüne Masse fand! Sofort wurde nach dem Küchenjungen geschickt. Nachdem dieser Schelte und derbe Hiebe eingesteckt hatte, wies der Küchenmeister ihn an, den furchtbar riechenden und mittlerweile schäumenden Brei an einer nicht oft betretenen Stelle der Burg zu vergraben. Gott gebe, daß ihn schnell die Würmer vertilgen, dachte der Küchenjunge und brachte ihn direkt hinter dem Zelt eines Ritters in die Erde.

Zu denen, die ebenfalls alle Hände voll zu tun hatten, zählten die Bader. Das Gewicht der Kettenhemden, Helme und Waffen verursachte bei vielen Kämpfen verspannte Schultern und Arme.

Begünstigt wurde des Baders heilendes Gewerbe obendrein durch andauernde ermüdende Kampfesübungen. Die Schlacht hatte noch nicht begonnen, und schon gab es die ersten ausgekugelten Gelenke, blauen Augen, ausgeschlagenen Zähne, geprellte Knie, Hieb- und Schürfwunden.

Für sanfte Frauenhände war das Gliedereinrenken zu schwer, wenngleich auch viele Frauen ihren Männern in diesen Tagen hilfreich unter die Arme griffen. Man könnte noch viele andere Gewerke nennen, sinnlos, ein jeder weiß, wie solch ein Lager aussieht.

An diesem Tag, es war ein Julitag des Jahres 1212, erwartete das landgräfliche Heer mit Spannung und Erregung den Befehl des Meisters Helmerich zum Schließen der Tore. Schnell drängten sich noch einige Bauern samt Weib und Kind in die Stadt, auf Zuflucht und Schutz hoffend.

Gegen Mittag, als die Sonne am höchsten stand und die ersten Banner der Kaiserlichen am Horizont erschienen, trat Helmerich, der Marktmeister der Stadt Weißensee an das Fischertor und rief laut und für alle vernehmlich:

„Brecht die Brücken ab und schließt die Tore!"

Schwerfällig hoben sich die an Ketten hängenden Zugbrücken. Schneller fielen die Fallgitter. Dumpf schlugen die Tore zu. Die letzten Brücken waren abgebrochen. Keiner kam mehr in die Stadt hinein noch heraus.

Der Belagerungskampf
Im Heer des Kaisers

Die schillernden Farben der Banner ließen das kaiserliche Heer wie eine bunte Schlange erscheinen, wobei das metallische Geräusch, welches die Rüstungen der Ritter hervorriefen, dem Rasseln einer Sandviper glich. Hunderte kleiner Wimpel bildeten die Schuppen dieses gefährlichen Reptils. Langsam und gleichmäßig schlängelte es sich durch die Täler, geschwind überquerte es Flüsse.

Wer genauer hinsah, konnte den Adler und die Löwen im Banner des Kaisers erkennen. Schneller als seine Gegner es glaubten, hatte er sein kampferprobtes Heer aus Italien nach Deutschland geführt. Fast hätte er Friedrich Roger, das Kind aus Apulien, niedergeworfen, fast wäre er unumstrittener Herrscher des Imperium Romanum gewesen, mit einer Macht, der selbst Innocenz, der Heilige Vater in Rom, nichts entgegenzusetzen vermochte, außer gläubigen Sprüchen, und nun mußte dieser Thüringer, der ihm so viel verdankte, sich im Verbund mit dem doppelzüngigen Mainzer gegen ihn erheben, gegen ihn, einen Enkel des großen Löwen, der dem Rotbart die Stirn geboten hatte, gegen ihn, den Imperator, den Mehrer des Reiches!

Der Kaiser war außer sich vor Zorn. Er würde Hermann, diesen Verräter, strafen, seine Ländereien verwüsten, seine Burgen und Städte dem Erdboden gleichmachen. Schon in wenigen Tagen erwartete er seinen Dapifer Gunzelin von Wolfenbüttel, der weitere Truppen zuführte, und dann würde er eines der schlagkräftigsten

Heere, die das Abendland jemals gesehen hat, gegen Hermann von Thüringen führen.

Während der Kaiser im stillen solchen Gedanken nachhing, wurde er sorgfältig von einem Mann beobachtet, der unmittelbar neben einigen Rittern der kaiserlichen Leibwache ritt. Es war der in allen Kniffen und Schlichen der Diplomatie vertraute Magister Laurentius. Wenige Wochen nach seinem Gespräch mit dem Patriarchen war er zum Heer des Kaisers gestoßen.

Die Reaktion Ottos auf den Brief Wolfgers versprach wenig Freude. Laurentius schloß dies allein daraus, weil der Kaiser überhaupt nicht reagierte.

In den letzten Tagen hatte sich der Magister des öfteren unter die anderen Geistlichen gemischt, um zu erfahren, wie es um ihre Meinung stand. Die meisten hielten den Welfen für den Retter des Reiches, und nur einige meldeten hie und da Bedenken wegen seines Verhaltens gegen den Heiligen Vater an, aber diese würden ihre Bedachtsamkeit schon bald ablegen, mischte sich Welfenblut mit Stauferblut. Dann könnte niemand mehr an der Rechtmäßigkeit des Welfen auf dem Thron zweifeln. Der Plan war genial, ein gelungener Schachzug. Eine erneute, vielversprechende staufischwelfische Blutsverwandtschaft, die ein für allemal den Streit zwischen den beiden großen Geschlechtern beendet und die dem Reich Frieden und Stärke bringt, unter Ottos welfischer Hand, und den Römer das Zittern lehrt.

Laurentius wußte aber auch, daß der Plan ein Risiko barg, einen Faktor, den man unbedingt und mit allen Mitteln beeinflussen und steuern mußte, und dies war der Kaiser selbst.

Sein ungezügeltes Temperament, seine Maßlosigkeit, sein Hochmut, seine aufbrausende Art und nicht zuletzt sein tölpelhaftes Benehmen und der ihm eigene sprichwörtliche Geiz könnten alles umkippen, könnten alles ins Gegenteil verkehren. Sicherlich, der Kaiser war ein vortrefflicher Ritter, wenn es galt, mit dem Schwert oder der Lanze umzugehen, aber in der Führung von Menschen und in der Diplomatie hatte er die Fähigkeiten eines Knaben. Kompromisse kannte er nicht – er war Krieger, nicht Diplomat – und er war vielleicht zu steuern und zu beeinflussen.

Beinahe, als ahne der Kaiser, daß der kluge Magister über ihn nachdachte, drehte er sich zu diesem um. Die Blicke der beiden Männer trafen sich.

„Für einen Pfaffen habt ihr ein viel zu gutes Pferd, Magister Laurentius."

In des Kaisers Stimme hörte Laurentius unverhohlene Abneigung. Für Otto waren Pfaffen keine Männer.

Um einer Konfrontation den Nährboden zu nehmen, versuchte Laurentius zu lächeln und tat, als habe er diese beleidigenden Worte nicht gehört.

„Das gab mir euer Freund, der Patriarch", antwortete er dann und innerlich, der immer ein waches Auge durch mich auf euch hat.

„Laurentius, sagt mir, was ist die Schwäbin für eine Frau, wenn ihr wißt, was ich meine?"

Laurentius zögerte eine Weile. Er wollte sich nicht in die Ecke drängen lassen.

„Nun, sie ist ein bildhübsches Mädchen. Ihr kennt sie doch, mein Kaiser."

„Ein Mädchen? Es ist mir bekannt, daß sie noch nicht allzu viele Jahre zählt, aber meint ihr allen Ernstes, daß ein Mädchen mir Befriedigung verschaffen kann? Ich habe ein halbes Dutzend Konkubinen, alles Weiber, die haben, wonach es einem richtigen Mann gelüstet, und die wissen, worauf es ankommt."

Der Kaiser tat, als sei er zornig.

„Mein Kaiser, ihr habt mit dem Patriarchen schon mehrmals über dieses Thema gesprochen, ihr wißt, daß diese Hochzeit …"

„Ja, ja, schon gut. Ich wollte euch nur etwas necken. Ich weiß ja, daß ich ein Kindlein heiraten muß."

Der Kaiser lachte. Auch die Ritter seiner Leibwache lachten.

„Lacht nur", rief er ihnen zu, „ihr könnt euch ja bald an den Weibern der Thüringer zu schaffen machen."

Laurentius ließ sich seinen Unmut über solches Reden nicht anmerken. Ein Narr trägt sein Herz auf der Zunge, ein Weiser im Herzen. Mit festen und bestimmten Worten fuhr er fort.

„Die Hochzeit wird wie vorbereitet in Nordhausen stattfinden."

„Ich hoffe, das Befinden meiner Braut ist zufriedenstellend?"

„Nach dem Befinden eurer Braut, mein Kaiser, könnt ihr, wenn ihr Muße habt, selbst sehen, denn schließlich weilt Prinzessin Beatrix ja nicht weit von euch."

Das hatte gesessen. Dem Kaiser wurde das Gespräch unangenehm. Wäre dieser Magister nicht ein Vertrauter seines Freundes Wolfger gewesen, hätte er diesen Pfaffen für seinen Zynismus aufhängen lassen.

„Das Gespräch, Magister Laurentius, ist beendet."

Laurentius biß die Zähne zusammen, neigte leicht sein Haupt und ließ sein Pferd etwas zurückfallen.

„Diese Pfaffen sind keine Männer", brummte der Kaiser verdrossen vor sich hin.

Dem Magister kamen nach diesem Gespräch neuerliche Zweifel ob eines glücklichen Ausgangs der Geschichte. Dieser Tölpel konnte durch seine Art alles zunichte machen, den Traum von einem friedlichen, starken Reich, durch ein dummes Wort, eine dumme Tat, welch ein Verhängnis!

Unaufhaltsam drang das kaiserliche Heer in Thüringen ein. In mehrere Heeressäulen gespalten, wurden schnell die wichtigsten strategischen Punkte besetzt, Städte eingeschlossen und Burgen abgeriegelt. Schon im Vorfeld hatte der kaiserliche Truchseß das flache Land verheert. Nicht jede Burg des Landgrafen wurde angegriffen. Von denen man wußte, daß sie zu schwach, daß sie kaum von Wert waren, legte man lediglich eine Besatzung davor, die verhindern sollte, daß den kaiserlichen Truppen in den Rücken gefallen werden konnte.

Der Kaiser, stolz und in Rüstung, ritt an der Spitze der Heeressäule, die von Westen kommend, in die Landgrafschaft eindrang. Neben ihm saßen die Bischöfe von Hildesheim und Halberstadt im Sattel, gefolgt von den Herzögen von Bayern und Meran. Denen schlossen sich der Pfalzgraf und der Graf von Görz an, der das Kontingent aus Aquileija führte. Und so ließe sich die Reihe derer, die Otto unter seinem Banner vereinigte, noch lange fortsetzen. Insgesamt zählte das kaiserliche Heer nicht weniger als 2 500 Ritter, nicht mitgezählt die unendliche Schar tausender Fußsoldaten, Knechte, Antwerker, die die Belagerungsmaschinen bedienten, Marketenderinnen und viel loses Gesindel, das man in den Heeren des öfteren fand. Aber auch Engländer, Dänen, Italiener und sogar Araber konnte man unter seinem Banner vereint sehen.

Um die Mauern der landgräflichen Burgen zu brechen, führte der Kaiser erstmalig, den Deutschen nicht bekannt, eine Belagerungsmaschine mit sich, die man Triboc nannte. Der Triboc warf zielgenau große, rundbehauene Steine immer auf die gleiche Stelle, sei es eine Mauer, ein Turm oder ein Tor. Die starken Männer um den Tribocmeister waren abgehärteter als mancher Fürst oder Ritter. Als Ballistiker hatten sie es gelernt, Schlamm zu fressen.

Wie hatte der kaiserliche Feldherr sie vermeintlich freundschaftlich genannt? Dumm, stark und dreckig. Ihnen war es egal, solange es im Beutel klingelte.

Diese Steinschleudermaschine hatte die Kraft, jede noch so starke Mauer zu zerbrechen und zum Einsturz zu bringen.

An diesem Morgen war der Kaiser froher Stimmung. Schon bald sollte der Heerwurm vor der ersten Burg, Rothenburg, ein Lager aufschlagen und die thüringischen Verräter die Schlagkraft seines

Heeres zu spüren bekommen. Gegen Abend erwartete der Kaiser seinen Truchseß mit einem weiteren Kontingent und hoffentlich besseren Nachrichten als denen, die ihm über das Versagen des Beichlingers bei der Weißenburg zu Ohren gekommen waren. Zum Glück stellte die Creuzburg keine Gefahr mehr dar, sie war ausgeschaltet und umlagert.

Der Plan des Kaisers war einfach. Zuerst würde Rothenburg belagert und dann Salza*. Von dort würde es weiter nach Weißensee gehen, wo bereits der Herzog von Sachsen und die Markgrafen von Brandenburg und Meißen mit der Einschließung der Burg und der Stadt begonnen hatten. Dort würde die Entscheidung fallen, eine schnelle Entscheidung, bei der der Triboc zum vollen Einsatz kommen mußte. Zwischendurch würde der Kaiser die Prinzessin Beatrix von Schwaben heiraten und somit welfisches mit staufischem Blut mischen. Einer endgültigen Legalisierung seiner Macht würde sich niemand mehr entgegenstellen können. Dieses war die Ansicht seines Freundes Wolfger, des Patriarchen von Aquileija. Wenn der Thüringer besiegt wäre, würde er zum letzten großen Schlag ausholen und das bereits Begonnene zu Ende führen, Sizilien erobern und Friedrich Roger, das Kind aus Apulien, entmachten und falls nötig, umkommen lassen …

Während dem Kaiser dies alles durch den Kopf ging, erschien ein Späher und verkündete, daß in Kürze Rothenburg erreicht sei.

Mit einem Male setzte im kaiserlichen Heer hektische Betriebsamkeit ein. Befehle wurden gerufen, Hörner erschallten, einzelne Trupps lösten sich und schwärmten aus.

Der Kaiser samt seinem Stab bezog auf einer leichten Anhöhe sein Lager. Weit sichtbar wurde das kaiserliche Banner aufgepflanzt.

Noch an diesem Tag begann die Belagerung Rothenburgs.

---

* heute Bad Langensalza

Gleich einem feuerspuckenden Drachen warfen die Katapulte Glut in die Stadt.

Schon gingen die ersten Dächer in Flammen auf. Lange würde sich das schwache Rothenburg nicht halten. Heute noch und morgen und vielleicht übermorgen, dann würde es fallen.

Als der Tag seinem Ende entgegenging, war bereits ein Teil der Stadt verbrannt. Die Verluste im kaiserlichen Heer waren gering. Zufrieden schaute der Kaiser auf die riesige Rauchsäule, die aus dem brennenden Rothenburg aufstieg.

Nachdem Rothenburg gefallen war, wurde die Stadt zum Plündern freigegeben. Mit Sorgfalt wachte Gunzelin von Wolfenbüttel, daß einigen die Flucht gelang. In Salza sollten sie von der Unüberwindlichkeit des kaiserlichen Heeres berichten, aber auch von der Güte des Kaisers, der den Rothenburgern freigestellt hatte, sich zu ergeben und zu unterwerfen und so der Plünderung zu entgehen.

Der kluge Feldherr wußte um die Opposition, die es gegen den Landgrafen in Salza gab. Das wollte er ausnutzen und Zeit gewinnen, denn nach Salza war das nächste und endgültige Ziel Weißensee.

Am 15. Juli 1212 erreichte das kaiserliche Heer Salza. Schnell kam es mit der Bürgerschaft, die die wenigen Ritter, die der Landgraf zum Schutz der Stadt hinterlassen hatte, in Gewahrsam nahm, zu einem Vergleich. Auf Anraten des Wolfenbüttelers gab Kaiser Otto der Stadt das Stadtrecht und die Freiheit, sich eine Stadtmauer aus Stein zu errichten.

Das Fallen Rothenburgs und die Übergabe Salzas verbreiteten sich in Windeseile im Land des Landgrafen.

In Weißensee harrte man der Dinge, die da kommen sollten. Diese Burg vereinte in ihren Mauern die Besten aus der landgräflichen Ritterschaft. Überall wurden die Dächer mit Wasser begossen, schwache Stellen verstärkt und Feuer angezündet, um Pech und Wasser zu kochen. Die Burg mußte unter allen Umständen gehalten werden, koste es, was es wolle. So war es der Wille Hermanns. Weißensee war des Landgrafen letzter Pfeiler in einem Gebäude, das einzustürzen drohte.

Kaiser Otto glaubte, durch die schnellen Siege über Rothenburg und Salza auch das feste Weißensee in Kürze einnehmen zu können. Er gab, nachdem sich das Heer in Salza erneut verproviantiert hatte, den Befehl zum Aufbruch ins cor turingiae, in das Herz Thüringens.

Weite Teile des Himmels waren nebelverhangen, und nur hier und da schimmerte ein schwaches blaues Fleckchen durch, in dem winzige Schäfchenwolken hingen. Die heißen Sonnenstrahlen aber bahnten sich unverdrossen ihren Weg und trieben den Kriegsknechten die Schweißtropfen in die Augen. Schon seit Tagen hatte man auf erlösenden, fruchtbringenden Regen gehofft, und so oft er sich auch angekündigt hatte, blieb er aus.

Das Heer des Kaisers kämpfte sich stundenlang mühselig von dem eben eroberten Salza auf trockenen, verstaubten Wegen in Richtung Weißensee voran, vorbei an Feldern und niedergebrannten Dörfern. Obwohl täglich neu mit Verpflegung und mit Wasser versehen, machte die aufkommende Hitze allen zu schaffen, vom einfachen Fußkrieger bis hin zum Ritter.

Konnten die Menschen aber ab und an ihre Wasserbeutel an den Mund führen, blieb den Pferden, Maultieren und Eseln solches versagt. Nervös, am ganzen Leibe feucht, suchten die schaumtriefenden Mäuler, besonders die der Rösser, nach Wasser. Eine kleine, noch so flache Pfütze wäre ihnen willkommen gewesen.

Trotz aller Strapazen machte sich unter den kampfgewohnten Kriegern keine Müdigkeit breit, wußte man doch, daß man in nicht allzu langer Zeit Weißensee und damit ausreichend Wasser erreichen würde. Da man bereits in den frühen Morgenstunden von Salza aufgebrochen war, kamen schon zur späten Mittagszeit die ersten Abteilungen vor dem Ufer des Weißen Sees zum Stehen.

Sofort löste sich jegliche Disziplin auf. Alles strömte dem erquickenden Naß zu. Schon bald tummelten sich große Teile des Heeres im Weißen See. Nur die Ritter, die in schweren Rüstungen steckten, mieden das Naß. Sie ließen sich von ihren Knappen das Wasser reichen. Da die Sache sich aber auszuweiten begann, die Fußkrieger in regelrechtes Baden verfielen, die Weiber in anzüglicher Weise ihre Körper präsentierten, rief der kaiserliche Feldherr seine Hauptleute zu sich und befahl unter Androhung härtester Strafen, diesem Treiben Einhalt zu gebieten. Noch heute, vor Sonnenuntergang, wollte man, straff geordnet, vor Weißensee das Lager aufschlagen.

Als man dort anlangte, waren die Tore fest verschlossen. Auf den vielen Türmen hingen leblos die thüringischen Banner. Vielen der über zwanzigtausend Soldaten, die an diesem Tag vor Weißensee aufmarschierten, waren die Stadt und die landgräfliche Burg unbekannt. Einige, vor allem die aus den welschen, bayrischen und schwäbischen Landen, kamen nicht umhin, dieser Befestigung eine gewisse Trutzigkeit und Schönheit zugleich zuzusprechen.

Durch den Sonneneinfall schimmerte der zahlreich von Fischen und Enten bewohnte Weiße See heller als milchiges Glas. Die Burg stand auf Gips und war selbst aus teurem, bei dem Orte Greußen gebrochenem Kalkstein gebaut. Im Kontrast zu dieser natürlichen Helligkeit standen nur die schiefergedeckten Dächer und die Banner, Flaggen und glänzenden Panzer ihrer Verteidiger. Sollte dieses Weißensee jenes legendäre Montalbane sein?

Von der Uneinnehmbarkeit Montalbanes

Als die Trojaner
auf Montalbane
belagert wurden,
waren die tapferen Helden
gut darauf eingerichtet.
Sie taten,
was sie tun mußten.
...

Sie verteidigten wie gute Vasallen
ihres Herren Burg.
Der junge Ascanius
erwies sich als sehr tapfer
die ganze Zeit über:
Er machte den Männern seines Vaters Mut.
...

Diesen Berg hatte
der Trojaner Eneas richtig beurteilt,
daß er uneinnehmbar war,
wo er ihn befestigt hatte.
Sturmangriff und Wurfmaschinen
fürchtete er durchaus nicht.
...

Der untere Graben war
sehr breit und tief.

Das Wasser strömte hindurch,
das aus der Quelle herabfloß.
Es war kein (sehr) großer Wasserlauf;
er floß von der Burg herab.
Außerhalb war ein zweiter Graben,
der nicht ebenso groß war;
den hatte Herr Eneas
schon vorher ausheben lassen.
Darüber geriet Turnus in großen Zorn.
Der Held wurde wütend darüber,
daß er nicht eine
unbefestigte Stelle fand.
Er befahl den Fußsoldaten,
den Sturmangriff zu eröffnen;
das war ein gefährlicher Auftrag.
Turnus handelte unrecht,
als er die Kriegsknechte
zum Angriff antrieb.
Viele fanden dort den Tod ...

Heinrich von Veldeke, Eneasroman

Schon Monate, bevor die kaiserlichen Truppen mit der Einschließung Weißensees begonnen hatten, waren auf Befehl des
Landgrafen neue Gräben ausgehoben, Wälle aufgeschüttet und
eine Vielzahl hölzerner Türme in den vorgelagerten Verteidigungs-
anlagen errichtet worden.
Und so geschah es, daß die erste Angriffswelle, die der Kaiser
gegen Weißensee schickte, bereits in den Gräben stecken blieb.
Trotz großer Verluste kam es dennoch zu keinen Unmutsäußerun-
gen, waren anfängliche Mißerfolge nur allzu normal.
Gunzelin von Wolfenbüttel organisierte die Bogenschützenabtei-
lungen neu, und bereits am nächsten Tage gelang es einigen Sachsen, einen Turm in Brand zu schießen, wobei die Besatzung keine
Möglichkeit hatte zu entfliehen und verbrannte. Dabei kamen
auch zwei junge Ritter um, die man besonders betrauerte. Ihnen
war vom Landgrafen eine glänzende Zukunft vorhergesagt worden.
Bereits nach zwei Tagen mußten sich die Landgräflichen in einen
hinteren Verteidigungsring zurückziehen.
Die Masse der Angreifer nahm nicht ab, obwohl viele von ihnen
getötet oder schwer verletzt wurden. Große Teile des kaiserlichen
Heeres waren sieggewohnt, des Kampfes nicht müde. Fast hätten
sie Apulien erobert, hätten reiche Beute gemacht. Aber auch das,
was diese thüringische Residenz zu bieten hatte, lockte. Weißensee
war üppig. Die Bürger waren wohlhabend, Schätze waren an-
gehäuft, der Handel blühte.
In freier Zeit, wenn sie kurze Weile hatten, vergnügten sich die
Weißenseer in den wunderschönen Baumgärten, die der Landgraf
hatte anlegen lassen. Zu dieser Zeit erhielt Weißensee seine bedeu-
tendsten Bauwerke, geschaffen von berühmten Steinmetzen und
Architekten. An Material wurde nicht gespart. Die kostbaren Mar-
morsäulen im landgräflichen Palas wiesen den Burgherrn als
Reichsfürsten aus, als direkten Nachfahren der Landgräfin Jutta,

die eine Schwester des Kaisers Friedrich war. Die ausschweifende Hofhaltung des Landgrafen Hermann hatte sich, nicht nur durch die Sänger allein, herumgesprochen. Keiner seiner Degen konnte behaupten, er sei knausrig.

So verwundert es denn auch nicht, daß die Verteidiger von Weißensee wacker Widerstand leisteten, hatten sie doch mehr als nur ihr Leben zu verlieren. Niemand in der landgräflichen Ritterschaft dachte an Kapitulation, zu keiner Zeit.

Die Burg war für eine mehrere Monate währende Belagerung ausgerüstet. Es gab genügend Brunnen, selbst in der Burg, die kostbares Wasser spendeten. Weißensee war unverwundbar. Man hatte nicht nur die letzten Brücken abgebrochen, man hatte auch alles, was den Kaiserlichen hätte nützlich sein können, in die Burg geschafft. Ja, man war sogar soweit gegangen, daß man im weiten Umfeld Obstbäume, Beerensträucher und alles, was dem Feind Nahrung liefern konnte, abgeholzt oder verbrannt hatte. Die Beseitigung der Weißenburg bewirkte, daß die Weißenseer Hoffnung hatten, den Kaiserlichen würden rechtzeitig die Vorräte ausgehen. Hinzu kam, daß man von den Fehlern oder Unzulänglichkeiten der Belagerung durch König Philipp im Jahre 1204 gelernt hatte. So gab es vereinzelte Abteilungen, die verborgen in den Wäldern lagerten, bereit, jedweden Nachschub zu stören oder zu vernichten.

Eine von diesen Gruppierungen führte der gefürchtete Ritter Ulrich von Güntersrode. Fast täglich machte er den Kaiserlichen zu schaffen. Späher kamen nicht mehr zurück, dutzende Karren mit Eßbarem verschwanden. Edle Herren wurden von ihren Knappen als vermißt gemeldet, die dann später gegen hohes Lösegeld freigekauft werden mußten. Und so kam es, daß die Wälder, in denen der Güntersröder heimisch war, von den Kaiserlichen gemieden wurden. Widerstand wurde nicht nur allein durch Weißensees starke Mauern oder den Mut landgräflicher Ritterschaft geleistet.

Nicht vergessen werden darf der Mut der Frauen, genährt aus der Angst um ihre Lieben und dem Willen, sich beim Kampf der Männer nützlich zu machen. Mit ungebändigter Kraft schleppten sie Steine, kochten, verbanden Verwundete, ertrugen still und Hoffnung ausstrahlend das Stöhnen der Verletzten und der zu Tode getroffenen. Und in den kurzen Nächten spendeten sie den Kriegsmüden, Ausgemergelten noch wahre Freuden. Ohne sie wäre Weißensee verloren gewesen.

Trotz geringer Erfolge sah es so aus, als würden die Kaiserlichen niemals in den Besitz der Burg und der Stadt kommen. Bereits an den ersten beiden Tagen ließen vor den Mauern Weißensees einige hundert Kämpfer ihr Leben. Die Meisten erlitten den Tod durch Bogen- und Armbrustbolzen, verschossen von den landgräflichen Reisigen, die im Schutze der Palisaden ihre todbringenden Geschosse abfeuern konnten. Und wahrlich, die Bogenschützen verstanden ihr Handwerk! Mitunter wurden im sumpfigen Gelände vor der Nordmauer der Burg einige Feinde von der Erde verschlungen. Das wirkte sich auf die Kaiserlichen besonders demoralisierend aus. Tod ohne Feindeinwirkung, – welch ein sinnloses Geschehen. Die Nordmauer, die einzige, die vielleicht zu erobern gewesen wäre, wurde im Laufe der Belagerung zum schrecklichsten und opferreichsten Abschnitt. Der Grund bestand jedoch nicht nur in dem Sumpf, der vor ihr lag. Die Nordmauer war der Teil der Burg, der von solcher Befestigung war, daß nicht der mächtigste Rammbock sie hätte durchstoßen können.

Ganz anders die Südseite, auf der der Palas stand, den großbogige Arkaden prägten. Den Feind, der sie erreichte, gab es nicht. Selbst eine leicht zu ersteigende Stelle der Burgmauer wurde durch ein wildes Bienenvolk, das dort in einer Nische hauste, zum unüberwindlichen Hindernis. Die Bienen, die jedes Jahr zum Vorschein kamen, ließen sich von gepanzerten Kriegern nicht verjagen. Bessere Verteidiger gab es in diesen heißen Tagen nicht.

In der landgräflichen Ritterschaft war man sich einig:
Würde der Kaiser diesen Angriffsstil beibehalten, würde es ihm
niemals gelingen, Weißensee in Besitz zu nehmen.
Doch es sollte anders kommen.

Gleichzeitig mit dem Aufbau des Feldlagers wurde unter Anlei-
tung eines Ingenieurs die für die Deutschen neuartige Steinschleuder, der Triboc, errichtet.
Über diese Wurfmaschine war schon auf dem Zug nach Weißensee viel gemunkelt worden. Ein großer Troß war nötig gewesen,
um die vielen, schweren Einzelteile zu befördern. Besonderes Auf-
sehen erregten die riesigen Steinkugeln, die dieses Instrument wer-
fen konnte und an denen schon die Pferde schwer zu ziehen hatten. Ungeahnte Komplikationen hatte der Transport des mächtigen Wurfarmes bereitet. Oft stellten die Antwerker ihre gewaltigen
Körperkräfte zur Schau, indem sie eine von den großen Kugeln
über den Kopf aushoben.
Einige Ritter wollten es ihnen gleich tun, doch die meisten konnten eine Kugel nicht einmal in den Händen halten. Selbst der
Kaiser, der von ungeheurer Körperkraft war, hatte seine Schwierigkeiten. Jeden Abend mußten die Antwerker an den Lagerfeuern,
und allen voran ihr Geschützmeister, von der Wirkung der Waffe
berichten.
Diese Erzählungen klangen so phantastisch, daß jeder im kaiserlichen Heer diese Waffe für unüberwindlich hielt. Gestärkt wurde
diese Meinung noch durch den Umstand, daß die Antwerker
Italiener waren und ihre einfachen Schilderungen von den Über-
setzern in übertriebener Form wiedergegeben wurden. Tatsache
war jedoch, daß die Größe und die Zerstörungskraft dieser Steinschleuder beeindrucken konnte.
Mit jedem Tag wuchs die Steinschleuder höher in den Himmel.
Als sie endlich vollkommen aufgerichtet war, maß sie vom Boden

bis zur Spitze des Wurfarmes die stattliche Höhe von zwölf ausgewachsenen Männern.

Bedrohlich erhob sie sich vor den Mauern der Burg.

Während die Antwerker damit beschäftigt waren, das schwere Gegengewicht in die Höhe zu ziehen, überbrachte man dem Kaiser die Nachricht, daß der „Triboc" schußbereit gemacht würde. Otto wollte dabeisein, wenn die erste Steinkugel gegen die Mauern Weißensees geschleudert wurde.

Unterdessen trafen noch einige Fürsten und der kaiserliche Feldherr ein, um dem ungewöhnlichen Schauspiel zu folgen.

In respektvollem Abstand beobachteten sie das Treiben der Antwerker. Nachdem der aus Brettern zusammengezimmerte und mit Steinen gefüllte Kasten, der das Gegengewicht stellte, in seine Ausgangslage gebracht war, wurde in den Ledersack eine Kugel eingelegt. Der Gegengewichtskasten hatte die Aufgabe, den Wurfarm am kurzen Hebel herunterzuziehen, wobei dann der lange Hebel, an dessen Spitze die Lederschleuder hing, sich aufragte und den Ledersack samt Kugel herumschleuderte.

Der Triboc war schußbereit. Nun begab sich der Geschützmeister vor den Kaiser.

„Mein Kaiser", sprach er in gebrochenem Deutsch und verbeugte sich tief, „wir können beginnen!"

„Beginnt! Ingenieur, beginnt!" rief Otto frohlockend, und wer in diesem Augenblick in das Gesicht des Kaisers sah, konnte ein Funkeln in seinen Augen erkennen.

Der Geschützmeister ergriff einen schweren Hammer und schlug ihn auf den Rutennagel. Dieser sprang heraus und gab dem Wurfarm, der Rute, den Weg frei. Fast träge bewegte sich der Wurfarm in die Höhe. Doch mit der Steilheit bekam die Rute Geschwindigkeit. An einem gewissen Punkt schleuderte sie mit ungeheurer Wucht den Ledersack herum, in dem die Steinkugel lag. Der Ledersack öffnete sich und gab die Kugel frei.

Mit immenser Geschwindigkeit flog sie in Richtung Burg.

Jedoch traf sie nicht die gewünschte Stelle unterhalb des ersten Drittels der Mauer. Stattdessen verfehlte die Steinkugel knapp den Zinnenkranz. Mit einem höllischen Pfeifen ging sie im vorderen Burghof nieder, ohne jedoch größeren Schaden zu verursachen. Nur ein paar Töpfe und Fässer wurden zerschlagen.

Der Geschützmeister, der genau die Bahn der Kugel verfolgt hatte, gab die Anweisung, beim nächsten Schuß eine schwerere Kugel in den Ledersack zu legen. Erneut begannen die Antwerker den Triboc zu spannen.

Nach einer geraumen Weile war die Steinschleudermaschine wieder schußbereit.

Der Kaiser und die Fürsten, ja das gesamte Heer verfolgten mit Spannung die Vorbereitungen für den zweiten Schuß. Diesmal verfehlte die Steinkugel ihr Ziel nicht. Krachend donnerte sie gegen die Mauer und brachte sie zum Erzittern. Zurück blieben an der Aufprallstelle in das Mauerwerk gedrückte Steinquader. Nachdem die Kugel ihre zerstörerische Aufgabe erfüllt hatte, rollte sie in den Burggraben hinab und versank langsam im Morast. Laut erscholl der Jubel im kaiserlichen Heer.

Zur gleichen Zeit, als die Antwerker damit beschäftigt waren, den Triboc für das erste Schießen fertig zu machen, wurden sie von den Landgräflichen mit argwöhnischen Augen beobachtet. In den vergangenen Tagen hatten die Ritter des Landgrafen mit Sorge den Aufbau dieses Instrumentes verfolgt. Nur die älteren, erfahrenen Ritter hatten mit solchen Maschinen schon einmal Bekanntschaft gemacht, – auf dem Kreuzzug.

Vor den Augen des Ritters Rudolf von Bilzingsleben spielten sich in Gedanken noch einmal die Ereignisse vor Akkon des Jahres 1191 ab, als er im Gefolge seines letzten Herrn, des Landgrafen Ludwig, für die Befreiung des Heiligen Landes kämpfte.

Mit welcher Wucht hatten damals die Wurfmaschinen die Mauern Akkons niedergelegt! Es war vor allen Dingen die Petraria des englischen Königs Richard Löwenherz gewesen, die durch ihre Größe bei den Sarazenen für Grausen sorgte. Allerdings war diese hier weitaus teuflischer …

Der Schenk von Vargula, der das bekümmerte Gesicht des Rudolf von Bilzingsleben wohl bemerkte, kannte die Wirkung dieser Waffe nur vom Hörensagen.

„Herr Rudolf, verzagt nicht. Diese Burg hat schon einmal einem starken Heere getrotzt!" sprach er und spielte auf die Belagerung durch König Philipp von Schwaben im Jahre 1204 an, wo es gelang, bei einem Ausbruch das Belagerungsgerät des Königs durch Feuer zu zerstören.

„Ich war dabei, Schenk", antwortete der Bilzingslebener, „aber …"
Mitten im Satz wurde er jedoch unterbrochen. Meister Helmerich, der kaum dem Gespräch der beiden gelauscht hatte, vielmehr das teuflische Werkzeug beobachtete, das kurz vor dem Abschuß stand, rief aus:

„Seht, sie werden uns gleich beschießen!"
Der Wurfarm schnellte in die Höhe und schleuderte den Ledersack herum. Zuerst löste sich ein für das menschliche Auge winziger Punkt, der, je näher er kam, sich in eine gewaltige Steinkugel verwandelte.

Jäh zuckten die Ritter zusammen, als die Kugel mit kometenhafter Geschwindigkeit über ihre Köpfe hinwegflog. Durch das eigentümliche Geräusch, welches das Geschoß erzeugte, wurde es augenblicklich still in der Burg.

Als schneller dunkler Schatten fegte die Kugel über den Burghof. Konnten die landgräflichen Ritter die Angreifer bis zu diesem Zeitpunkt noch mühelos abwehren, so änderte sich das jetzt schlagartig. Der Kampf um Weißensee trat fortan in eine neue Dimension.

Tag für Tag, fast zwei Wochen lang, auch in der Nacht, schleuderte der Triboc Steinkugeln gegen die Burgmauer. Diese begann bedrohlich an Festigkeit zu verlieren. Um die Wucht des Einschlages abzumildern, ließen die Landgräflichen große Holzschilde an dieser Stelle hinunter. Anfänglich versprach das Erfolg, bis die Kaiserlichen Brandpfeile einsetzten. Neben dem Triboc kamen außerdem Onager, Katzen und Mangen zum Einsatz. Bienenkörbe wurden in die Burg geworfen, Fäkalienfässer, tote Esel, stinkende Innereien, schwer zu löschende Brandgeschosse und alles, was die Moral der Belagerten noch hätte zermürben können. Tatsächlich zeigte sich bald, daß der Kaiser mit seiner Taktik nicht falsch lag. Die gemeine Burgbesatzung wurde zunehmend mißmutig. Aus den Augen der Jungen strahlte Trotz und Kampfesunlust. Sie waren nicht mehr geneigt, wie sie meinten, sich für eine verlorene Sache abschlachten zu lassen. Und auch die alten, erfahrenen Männer, die schon frühere Kämpfe erlebt hatten, senkten immer öfter grimmig den Blick, begegneten sie dem Schenken, dem Meister Helmerich oder einem anderen Anführer.

Diese spürten den Unwillen der Bauern. Der Schenk schwor bei der Heiligen Mutter Gottes, jeden Aufruhr im Keime zu ersticken. Besonders jener hochaufgeschossene, fette Kerl, dessen Blick dem einer Eule glich, wiegelte in jeder Kampfespause die Männer durch sein dummes Geschwätz auf.

Doch mit diesem würde er verfahren wie einst König David mit dem Hetiter Urija.

Als der Schenk von Vargula an diesem Tag die Mauern inspizierte, gab es im äußeren Burghof einen Tumult. Es war der erste seiner Art. Walther von Vargula sah, wie der junge Heinrich von Heldrungen hilflos gestikulierend vor einigen Kriegsknechten und Bauern stand, die unflätig schimpften. Wie, dachte er, wagt das Bauernpack einem Ritter nicht zu gehorchen? Nun bemerkte er auch den mit dem Eulenblick. Dieser stand etwas abseits und war offensichtlich der Initiator des Tumultes. Schnellen Schrittes stieg der landgräfliche Schenk den Wehrgang hinab und eilte dem jungen Heldrunger zu Hilfe.

„Was geht hier vor?" fragte er barsch.

Verzweifelt wollte Heinrich von Heldrungen sich erklären.

Die Bauern seien des Blutvergießens überdrüssig. Die Burg sei sowieso nicht mehr zu halten, und bevor man des Kaisers Zorn auf sich ziehe, solle man Weißensee lieber übergeben. Denke man doch nur daran, wie der kaiserliche Truchseß mit den anderen Bauern verfahren war.

Des Schenken Miene verfinsterte sich.

Drohend sagte er: „Sollte ich noch ein einziges Mal solch aufrührerisches, weibisches Geschwätz hören, werdet ihr alle am Galgen baumeln!"

In diesem Moment drängte sich ein junger Bauer mit schmächtigem Körper vor den Schenken und schrie:

„Lieber am Galgen baumeln, als wie Vieh abgeschlachtet zu werden."

„Halt's Maul, du Hund!"

Blitzartig schlug der Schenk zu. Seine gepanzerte Faust traf den Bauern im Gesicht und brach ihm das Nasenbein. Er torkelte.

Mit Tränen in den Augen schaute er den Schenken zornig, ja halb wahnsinnig, an.

„Na warte, du Bauerntölpel! Deinen Trotz breche ich dir."

Der Schenk zog seinen Dolch und schlug mit dem schweren Knauf erneut zu. Bewußtlos stürzte der Bauer zu Boden.

„Ergreift ihn", brüllte der Schenk die umstehenden Kriegsknechte an, „und schlagt den Kerl mit Ketten an die Mauer! So soll es jedem ergehen, der an Übergabe denkt."

Kreischend warfen sich zwei Weiber vor seine Füße, eine Junge und eine Alte.

„Tut ihm nichts! Er wußte nicht, was er sagte! Habt Erbarmen, Herr! Habt Erbarmen!"

„Schafft mir diese heulenden Weiber vom Hals! Los, schafft sie fort! Aus meinen Augen! Und ihr, die ihr hier herumsteht, schert euch endlich auf die Mauer! Wir kämpfen weiter."

Blitzartig liefen die Männer auseinander. Auch der junge Heinrich von Heldrungen wollte davon. Der Schenk hielt ihn zurück.

„Nein, Herr Heinrich, wartet. Seht ihr den Kerl mit dem Eulenblick dort?"

„Ja, Schenk, der war der Anführer des …"

„Ich weiß. Stellt ihn zu den Bogenschützen auf die Mauer. Morgen möchte ich ihn nicht mehr sehen."

Und im geheimen dachte er, bevor wir unsere Fahnen übergeben, rammen wir sie einem Welfen in die Brust.

Der Ausfall

❧

Das drastische Vorgehen des Schenken hatte sich schnell herumgesprochen. Dennoch konnte er nicht verhindern, daß es zu allgemeinen Auflösungserscheinungen kam.

Zucht und Ordnung gingen verloren, Männer begannen sich zu lieben, Huren trieben Keile der Zwietracht zwischen alte Freunde. Jeder glaubte an den Fall der Burg und sah sich von kaiserlichen Bütteln gemordet. Laster brachen durch. So weiß man von einer kleinen Dirne, die sich täglich von der Wachmannschaft des Torturmes, und das waren mindestens acht Mann ... nun ja.

Um diesem Tun und Treiben etwas entgegenzustellen, berief der Schenk von Vargula seine besten Ritter zu sich und hielt Kriegsrat. Man kam überein, einen Ausfall zu wagen und dabei den Triboc zu zerstören. Vielleicht würde dann der Druck von der Burgmannschaft genommen. Bereits 1204, im Kampf gegen den Schwaben, hatte man einen Ausfall bewerkstelligt. Damals war es den Landgräflichen gelungen, das Belagerungsgerät, darunter einen hohen Bergfried, durch Feuer zu zerstören. Dies wollte man an diesem Tag wiederholen.

An jenem Tag des Jahres 1204 nutzten die Landgräflichen die Gunst der Stunde. Der Morgennebel hatte es möglich gemacht, fast unbemerkt, aus einer Ausfallpforte heraus, mitten in die Reihen der noch schlaftrunkenen königlichen Kriegsknechte zu galoppieren. Und ehe diese ihre steifen Knochen zur Verteidigung erhoben hatten, standen ein eben zusammengezimmerter Bergfried und mehrere Katzen und Mangen in hellen Flammen. König Philipp von Schwaben, der seinerzeit auf dem gleichen Hügel, dem Königsberg, sein Zelt aufgeschlagen hatte wie Otto heute, wurde dazumal von dem Geschrei seiner brennenden Soldaten von seiner Liegestatt gerissen. Mit zornigem Herzen mußte er mit ansehen, wie seine Belagerungswerkzeuge, die einzigen Garanten für eine Eroberung der Burg, unter einem hochschlagenden Feuermeer vernichtet wurden.

Ähnliches hatten die Landgräflichen an diesem heutigen Morgen im Sinn. Allerdings fehlte ein die Ausfallenden schützender Nebel.

Die ganze Aktion fing schon unglücklich an, und zwar damit, daß sich das Schlachtroß eines Ritters beim Entzünden der Fackeln, mit denen man die Belagerungsmaschinen anzustecken gedachte, laut wiehernd auf die Hinterbeine stellte, seinen Reiter abwarf, der sich die Schulter verrenkte, sodann mit den Vorderbeinen einen Knecht derart im Kreuz traf, daß dieser wochenlang Blut spuckte und unter großen Qualen starb. Das Pferd konnte nicht beruhigt werden und übertrug seine Nervosität auf die anderen.

Schließlich mußte man es fortschaffen. Die Aufstellung des Ausfalltrupps, in dessen Reihe sich einige namhafte Ritter befanden, und der von Graf Heinrich von Aschersleben angeführt wurde, erzeugte – allen Kriegsgesetzen eines Überraschungsangriffs aus einer Burg heraus zuwider – solchen Krawall, daß Meister Helmerich zu einem an seiner Seite stehenden Ritter bemerkte, daß es besser sei, die ganze Aktion abzublasen. Denn wenn der Feind nicht vollends verblödet sei, müßte er schnell merken, daß hier etwas nicht stimme.

Er sollte Recht haben. Durch einen Hauptmann über merkwürdige Geräusche informiert, ließ Gunzelin von Wolfenbüttel schnurstracks zweihundert sächsische Armbrustschützen, eine Abteilung mit erhöhtem Kampfwert, vor das Tor legen.

Graf Heinrich, der den Kampf nicht erwarten konnte, war für ein Verlegen des Ausfallzeitpunktes nicht zu gewinnen. Also kam das, was kommen mußte.

Der junge Askanius stürmte an der Spitze seiner vierzigköpfigen Gruppe durch das Tor und wurde prompt von einem Schwall Armbrustbolzen empfangen. Auch dem Rest erging es nicht anders. Die sächsischen Armbrustschützen konnten viele Treffer landen, um nicht zu sagen, daß sie die landgräflichen Reiter regelrecht abgeschossen. Selbst verletzt, wendete Graf Heinrich bald sein Roß und befahl den Rückzug. Die Hälfte seiner Leute blieb auf dem Lechfeld zurück. Dieser Ausfall war fehlgeschlagen. Nun konnte man nur warten und hoffen, daß die Mauern der Burg noch lange hielten.

Die Wende

Unterdessen wurden zu Nordhausen für Otto mit verschwenderischem Aufwand die Vorbereitungen zur Hochzeit getroffen, welche heiter und freudig begonnen, traurig endete. Denn kurze Zeit nach gefeierter Hochzeit beschloß dieselbe Kaiserin, nämlich die Tochter König Philipps, zum Unglück für Otto ihre Tage. Also bereitet der zu beklagende und betrübte Otto seiner beweinensuerten Gemahlin die Trauerfeier und wie er vor kurzem sich noch freute und bei hochzeitlicher und froh lärmender Musik gleichsam im Triumph einherzog, so verzweifelte er darnach und härmte sich ab bei den ernsteren und schmerzhafteren Leichenfackeln. Von da zur Belagerung zurückgekehrt, fand er des Kampfes Überdrüssige; das Glück, welches einen günstigen Erfolg gelogen, hatte sich ins Gegenteil verkehrt, so daß er nirgends Treue, nirgends zuverlässige Hilfe fand.

… Da mittlerweile die Bayern und Schwaben gehört, daß ihre Erbherrin, die Kaiserin, die Schuld des Fleisches schon entrichtet habe, so verließen sie in heimlicher Flucht bei Nacht ihr Gepäck und kehrten, Otto in Verlegenheit zurücklassend, nach Hause zurück. Auch die Übrigen kehrten aus Mangel an Vermögen, da sie von Otto nichts erhielten, nachdem sie Kleider und Waffen verbraucht, zu Fuß zurück …

Chronik von Sankt Peter zu Erfurt

Niemand konnte sie fortschaffen, die im Graben liegen blieben.
Geier und Raben fraßen sie und was sonst sie fressen wollte. Sie hatten
schmerzlich den ersten Ansturm gebüßt.
Sie mästeten viele große Würmer mit Fleisch und Blut.

Eneasroman, Heinrich von Veldeke

Leichen, auf Palisaden gespießt, in der Hitze süßlich, stechend
nach Verwesung riechende Kadaver, abgeschlagene Finger und
Glieder, dampfende Blutlachen und eine Unmenge an zerbroche-
nen Lanzen und Schwertern, zerfetzten Flaggen und Bannern von
Freund und Feind zierten, einem riesigen stinkenden Misthaufen
gleich, die Wälle und Gräben der Burg Weißensee. An einigen
Stellen türmten sich die Gefallenen so hoch, daß niemand wagte
sie fortzuschaffen, aus Angst, von schmatzenden Ratten angefallen
zu werden. Einige Ritter, die schon mehrere Tage tot am Rand des
Wassergrabens gelegen hatten, wurden unter großen Anstrengun-
gen hinter die Linien geschafft. Dort kochte man ihre Knochen ab
und übergab diese sowie die Herzen ihren Angehörigen. Das
Fleisch wurde vergraben.
Die Fische, die sich in diesen Tagen zahlreich im Graben der Burg
tummelten, waren die Vollgefressensten. Es waren besonders die
Aale, die, fett wie Säuglingsbäuche, sich an den Wasserleichen lab-
ten. Fischte man eine solche heraus, geschah es nicht selten, daß
sich ein Exemplar dieser aasfressenden Räuber noch gierig schlin-
gend in seinem Opfer befand. Mit Widerwillen, aber vom Hunger
getrieben, zerrte man die Fische heraus, zerschnitt sie, verbarg die
Stücke unter dem Wams und versuchte am abendlichen Feuer das
wenige Eßbare zu braten. Gleiches Schicksal teilten die verletzten
oder toten Pferde. Manche Tiere überlebten ihren Herrn nur wenige Stunden. Die Verproviantierung des kaiserlichen Heeres war
zusammengebrochen. Grund genug für Dienstmannen des Reiches, neben Schwaben und Bayern, zu desertieren. Die Hitze, die
nun schon Wochen anhielt, tat ein übriges.
Fliegen und Maden waren bald in der Überzahl. Viele erkrankten.
Läuse, Zecken, Wanzen und Pilze und Aussatz überkamen die
Kaiserlichen.
Der nicht im Kampf erlittenen Todesarten gab es viele. So weiß
man von einem Küchenchef, der seinem Herrn, dem Grafen von

Schwerin, versprochen, das Schweriner Kontingent bis zum Schluß der Belagerung zu versorgen, aus Mangel im Abfall nach Brauchbarem suchend, von einem Schwarm gestörter Bienen erbärmlich zuschanden gestochen wurde. Er hätte diesen Angriff wohl überlebt, hätte nicht eine dieser schwarzgelb gestreiften Kriegerinnen ihr Ende in seinem Rachen gefunden.

Auch die Gunst des Kaisers brachte Tod. Die Konkubine Adelesia, die nach dem Tod der Beatrix Hoffnungen auf den verwaisten Thron hegte, sah in der blonden Fabia, die ebenfalls eine Gespielin des Kaisers mit nicht geringen Chancen war, eine ernstzunehmende Konkurrenz. Deshalb hatte sie einen ihrer Knechte gedungen, einen folgsamen Burschen, diese zu ermorden. In dunkler Nacht schlich er sich in das Zelt der Fabia, legte seine dicken behaarten Finger um ihren Hals und erwürgte sie. Solche und andere Zerfallserscheinungen, von denen gleich noch berichtet wird, zwangen den Kaiser zu Verhandlungen.

Naturgewalten

Neben den vielen aufgezählten Gründen war es außerdem einem mächtigen Naturschauspiel zu danken, warum Otto in Verhandlungen einwilligte. Fast wäre nämlich sein gesamtes Heer davongeflogen ...

Das Ungewitter brach über beide Parteien heftig und aus heiterem Himmel herein. Urplötzlich zogen graue Wolken heran, stauten die schwüle Luft und ließen Wind aufkommen. Erste Tropfen fielen, kleine, dann immer größere Platzregen setzten ein. Keiner von der Art, der heiße Sommertage oder Nächte kurz abkühlen ließ. Es regnete drei Tage unaufhörlich. Die ersten Stunden waren sowohl für die Kaiserlichen als auch die Landgräflichen allerdings die verheerendsten. Wie die ersten Zweige sich zu regen begannen, befahl Gunzelin von Wolfenbüttel, die Zelte fester zu verspannen. Doch kaum waren die der Fürsten halbwegs gesichert, verwandelte sich der leichte Wind in einen wilden Sturm. Die Zeltbahnen wurden hochgeschleudert. Banner und Schilde wirbelten durch die Luft. Bäume wurden ausgerissen. Pferde gingen durch, rechts und links alles niedertrampelnd. Mit Mühe und Not gelang es dem Blidenmeister und seinen Leuten, eine riesige Plane über den Triboc zu spannen. Zu groß war die Gefahr, daß die Maschine sich verzog und nicht mehr einsatzfähig wäre. Die großen Steinkugeln, die man protzigerweise zu einer Pyramide aufgestapelt hatte, kollerten auseinander, weil das Erdreich ins Rutschen kam. Ein kleines Übel gegenüber den anderen Schäden, welche die Windriesen hinterließen. Es gab außer dem Kaiser, einigen Fürsten und den Konkubinen kaum jemanden, der nicht völlig durchnäßt wurde. Aller Stahl im kaiserlichen Heer fing zu rosten an, Lanzen, Schwerter und Kettenhemden. Armbrust- und Bogenpfeile verzogen sich. Sturmmauern brachen weg. Sturmleitern rutschten in die tiefsten Gräben. Die Proviantzelte traf es am schlimmsten. Das Mehl wurde unbrauchbar, Eintopfkessel wurden umgerissen. Mit letzter Anstrengung band man die Fässer voller Pökelfleisch, Fisch und Trinkwasser fest zusammen. Der Schaden bei den Kaiserlichen war um ein Tausendfaches höher als der, den Graf Heinrich von Anhalt bei seinem Ausfall zu verursachen vorgehabt hatte.

Glaubt man jedoch, Übel erlitten nur die Belagerer, so ist das ein gewaltiger Irrtum. Durch Blitzeinschlag brannte die Haube eines Turmes ab. Das herunterfallende Gebälk erschlug zwei Schafe und machte die Plattform für einige Tage unbrauchbar. In den Kellern staute sich das Wasser, Teile der Mauern begannen sich zu senken, auszuwölben oder drohten einzustürzen. Der Burgberg wurde schmierig wie Seife. Der äußere Burghof war völlig überschwemmt, so daß das Burgvolk mittels Eimerkette das Wasser über die Burgmauern schütten mußte.

Der Sturm riß Dachziegeln und Schieferplatten ab und verwandelte sie in scharfe Geschosse. Ein Ritter namens Dietrich wurde getroffen, aber nur leicht verletzt. Er trug zum Glück eine lederne Haube.

Als der Regen aufzuhören begann, waren beide Gegner damit beschäftigt, die Schäden auszumerzen. Auf kaiserlicher Seite bereitete man Verhandlungen vor.

Verhandlungen

Herr Kaiser, seid uns willkommen
der König ist von euch genommen
und eure Krone glänzt vor allen Kronen.
Ihr habt die Hand voll Macht und Gold
daß, wenn ihr wohl und übel wollt
ihr leicht bestrafen könnt
      und reichlich lohnen
Nun hört von mir die Kunde:
die Fürsten sind euch Untertan
erwarten euch in festlichen Ornaten
der Meißner mit im Bunde
ganz euer, zweifelt nicht daran
denn eher würd ein Engel Gott
      verraten.

Walther von der Vogelweide

Als Verhandlungsort wählte man ein Feld vor dem Osttor, das von den kaiserlichen Truppen weitflächig geräumt worden war. Einige Zimmerleute errichteten eine lange hölzerne Tafel, und um vor Regen gefeit zu sein, überspannte man sie mit einem prachtvollen Baldachin. Vor dem Eingang pflanzte man das kaiserliche und das landgräfliche Banner auf.

Angestrengt äugte der schwarze Adler auf den silbernen Löwen herunter. Zwei Schreibpulte, die an der Stirnseite der Tafel aufgestellt wurden, sollten den Notaren der beiden Seiten bei der Abfassung etwaiger Verträge dienlich sein.

Auf Anraten des Kanzlers Konrad von Scherfenberg und einiger Fürsten wurde Markgraf Dietrich von Meißen als kaiserlicher Unterhändler bestellt. Man wählte den Meißner, weil man glaubte, daß dieser als Schwiegersohn des Landgrafen schneller und geschickter die Verhandlungen zu einem guten Ende bringen würde. Dazu versprach man sich ein rascheres Einlenken des Thüringer Landgrafen, war es doch ein Mitglied der Familie, das auf einen Vergleich drängte.

Die Verhandlungen auf landgräflicher Seite führte der Schenk Walther von Vargula. Dieser war der einzige, der direkte Kontakte zum Landgrafen hielt und über seinen wahren Aufenthaltsort Kenntnis besaß. Markgraf Dietrich und sechs seiner angesehensten Ritter kamen zu Pferd zu den Verhandlungen. Die Knappen und Pagen folgten ihnen zu Fuß. Walther von Vargula und sein Gefolge, unter ihnen der Schreiber Heinrich von Weißensee, Rudolf von Bilzingsleben und Eberher von Weißensee, kamen alle zu Pferd. So sahen es die Vorverhandlungen vor. Damit sollte jedwede List oder Hinterhältigkeit ausgeschlossen werden. Helmerich, der Marktmeister, führte während der Verhandlungen den Oberbefehl über die Burg und die Stadt. Falls die Kaiserlichen und mit ihnen der windige Meißner doch einen Hinterhalt planten und die Landgräflichen in Ge-

fangenschaft gerieten, würde er Weißensee weiter verteidigen.
Die beiden Reiterabteilungen trafen annähernd zur gleichen Zeit
ein. Auf thüringischer Seite stiegen nur die Ritter ab. Die Knappen blieben im Sattel, kampfbereit.

Als die Ritter an der Tafel Platz genommen hatten, wurde so mancher mißtrauische Blick gewechselt. Nur zwischen dem Markgrafen und dem Schenken schien kein Argwohn zu bestehen.

Markgraf Dietrich hatte, um die Spannung von dieser Verhand-
lung zu nehmen, Wein heranschaffen lassen. Er erhob sich, nachdem die Becher aller Ritter gefüllt waren, und sprach:

„Ich grüße euch, edler Schenk von Vargula samt eurer Ritterschaft.
Laßt uns diesen Becher leeren, auf daß er unsere Verhandlungen
beflügeln und zu einem guten Abschluß bringen möge."

Damit setzte er den Becher voll Unstrutweines an und leerte ihn
mit einem Zug. Die Thüringer taten es ihm gleich. Diesen Wein,
obwohl von großer Trockenheit, tranken sie gern. Nachdem die
Pagen die Becher erneut gefüllt hatten, führte er seine Rede fort.

„Im Auftrag des Kaisers Otto, dessen Unterhändler ich bin, trage
ich euch folgenden Vergleich an: Bei sofortiger Übergabe der Stadt
sowie dem Einstellen aller Kriegshandlungen soll es euch gestattet
werden, euch in die Burg zurückzuziehen und sie, solange eine
Antwort des Landgrafen ausbleibt, wieder herzustellen."

Dietrich von Meißen hatte schon bei den Vorverhandlungen geheime Absprachen mit dem Schenken von Vargula geführt, von
denen im kaiserlichen Lager jedoch niemand etwas ahnte, am we-
nigsten die engsten Vertrauten des Kaisers selbst. Diese hatten
einen Sänger* beauftragt, ein Schmählied auf den Meißner zu
dichten.

---

* Walther von der Vogelweide, der vor Weißensee seine Meißner Sprüche gedichtet hat

Dem falschen Spiel des Meißners folgend, antwortete der Schenk: „Angesichts unserer ausweglosen Situation nehmen wir das Angebot des Kaisers an. Bereits morgen werden wir mit der Räumung der Stadt beginnen. Das wird eine geraume Zeit dauern. Sagen wir drei Tage. Da sich unser Herr, der Landgraf Hermann von Thüringen, an einem verborgenen Ort aufhält, benötigen wir die nicht kurze Zeit von einer Woche, um in Erfahrung zu bringen, ob sich unser Herr mit dem Kaiser vertragen wolle. Aber ich habe die frohe Hoffnung, daß der Streit gütlich beendet werden wird. Richtet diese Antwort, edler Markgraf Dietrich, dem Kaiser Otto aus. Sobald wir eine Nachricht von unserem Herrn vernommen, lassen wir es euch wissen."

Markgraf Dietrich nickte wohlwollend. Auf diese Art und Weise würde er seine Haut retten können. Der Kaiser wäre mit diesem Vergleich zufrieden, müßte mit diesem Vergleich zufrieden sein und Hermann, sein Schwiegervater, würde aus der eisernen Umklammerung gelangen. Dietrich von Meißen hatte in diesem Augenblick den Kaiser fallengelassen.

Der angeschlagene Otto würde dem heranrückenden Staufer Friedrich, dessen Anhängerschaft von Tag zu Tag stetig stieg, nichts entgegenstellen können. Er war ein Kaiser, dessen Sache groß beginnend, kläglich enden würde. Sein Stern, hörte man auf die Astrologen, verlor an Glanz und sank.

„Ich glaube, edler Schenk, dieser Vergleich wird für euch und uns", damit meinte er sich, „von Vorteil sein."

Der Schenk von Vargula grinste breit.

„Ihr zählt zu den weisesten Fürsten, Markgraf Dietrich, das wußte ich schon immer."

Der Brief des Kaisers

Am Bischofsitz in Aquileija spielte sich zur gleichen Zeit folgendes ab.

Durch das übermütige Schreien einer Schar Kinder, die vor einem Marktbrunnen von einer dicken Wäscherin mit Wasser bespritzt worden waren, wurde der Patriarch geweckt. In den letzten Nächten hatte er immer unruhiger geschlafen. Die Nachrichten, daß Friedrich Roger, das Kind von Apulien, nach Deutschland unterwegs sei, um seine Herrschaft anzutreten, häuften sich. Schon munkelte man, er sei bereits bis Genua gelangt. Ohne zu zögern hatte er einen Boten zum Kaiser nach Weißensee gesandt, um ihm die drohende Gefahr mitzuteilen. Nach der Morgenandacht gab sich Wolfger von Aquileija einem ausgiebigen Frühstück hin. Obwohl die Sonne noch nicht am höchsten stand, war die Hitze unerträglich. Gerade als der Patriarch sich in kühlere Gemächer zurückziehen wollte, wurde ihm die Ankunft eines Boten gemeldet. „Das muß Laurentius sein", fuhr es ihm durch den Kopf. Voller Begierde, Neuigkeiten zu erfahren, eilte er an die Tür. Doch wer da die Treppe heraufkam, war nicht der Magister Laurentius, sondern der Bote, den er selbst nach Weißensee geschickt hatte. Schon fuhren ihm die schlimmsten Befürchtungen durch den Kopf. Der Bote konnte sie jedoch flugs zerstreuen.

„Gute Nachrichten!" rief er, „Ich habe gute Nachrichten, Eminenz."

„Wo ist Laurentius? Wo ist der Magister Laurentius?"

„Der Kaiser bat ihn zu bleiben. An seiner Statt wurde ich schnell-
stens zu euch zurückgesandt."

Der Patriarch atmete erleichtert auf.

„Gut. Kommt herein."

Beide Männer traten in den Raum.

„Was habt ihr mir zu melden?", fragte der Patriarch.

„Ich überbringe euch diesen Brief des Kaisers, Eminenz." Wolfger
von Aquileija nahm das Pergament und zeigte dem Boten an, er
möge sich setzen. Ein Page brachte eine Kanne kühlen Weins und
stellte sie vor dem Boten auf den Tisch.

„Trinkt. Es ist ein guter Wein."

Der Patriarch hatte selbst soeben einen Schluck getrunken, und es
dürstete ihn abermals, jedoch größer noch als das Verlangen nach
einem erquickenden Tropfen war das Verlangen nach den neuesten
Nachrichten aus Thüringen. Der Patriarch entfaltete den Brief,
und er mußte sich zusammennehmen, daß seine Aufregung sich
nicht durch Zittern der Hände verriet. In der Hoffnung auf gute
Nachrichten begann er zu lesen.

„Otto, von Gottes Gnaden etcetera, entbietet Wolfger, dem ehren-
werten Herrn, Freund und ehrwürdigsten Vater, Patriarchen von
Aquileija, seine Gunst …"

Der Patriarch überlas im folgenden alle Nebensächlichkeiten. Ihn
interessierten nur die Fakten, keine Höflichkeiten.

„Da unsere Lage gut ist, tun wir dir kund, daß wir uns gegen den
verräterischen Landgrafen mit unserem großen und starken Heer
mächtig behaupten und sein Land und seine Burgen zerstört
haben und fortwährend zerstören, wie dein Bote dir mitteilen
können wird."

Der Patriarch hob den Blick und schaute kurz zu dem Boten, der
sich gemächlich auf dem Schemel ausgestreckt hatte. Der Ritt
hatte ihn ermüdet, nur deshalb duldete der Patriarch diese Haltung. Er würde viele Fragen an ihn haben.

Wolfger von Aquileija las weiter.

„Hierauf zeigen wir, auch um deinem Wunsch Genüge zu tun, an, daß wir die von all unseren Vertrauten und Freunden lang ersehnte Ehe mit unserer liebsten Gattin Beatrix am Sonntag vor dem Fest des Heiligen Jakob* glücklich und festlich vollzogen haben."

Na, endlich. Die von ihm angestrebte Ehe war vollzogen. Jetzt würde Friedrich Roger, selbst wenn es ihm gelänge, nach Deutschland zu ziehen, jeglicher Anhang fehlen. Beatrix, als Stauferin, zieht die staufischen Anhänger zu Otto. Ein staufisch-welfisches Kaiserpaar!

„Je mehr wir erkennen, wieviel dir daran liegt, desto weniger zweifeln wir, wie nützlich sie uns und den uns Wohlgesinnten sein wird."

Wie wahr! Der Patriarch nickte. Er las weiter.

„Über die Stellung der Veneter aber wollen wir von dir erfahren, wie sie sich uns gegenüber verhalten, und du magst behutsam versuchen, bei ihnen ausfindig zu machen, welche Einigung sie mit uns anstreben."

Die Veneter sind Händler, wie die Capuaner. Es wird Geld kosten. Und weiter schrieb der Kaiser:

„Weil wir durch Gottes Gnade und die Hilfe unserer Getreuen unseren Feind, den Landgrafen, schon in eine solche Zwangslage gebracht haben und bringen, daß wir seine Burg Weißensee und die Stadt selbst gegen seinen und seiner Anhänger Willen zweifellos einnehmen werden, über seine anderen Burgen hinaus, die wir schon genommen haben und die, welche wir in Kürze einzunehmen gedenken, wenn derselbe nicht rasch seine Torheit zugegeben haben wird und schleunigst zu unserer Freundschaft und

---

* 22. Juli

Liebe, welches ihm als einziges Mittel bleibt, zurückgekehrt sein wird ..."

Weißensee steht also unmittelbar vor dem Fall. Die anderen Burgen auch. Damit dürfte Hermann von Thüringen tatsächlich bezwungen sein. Militärisch und politisch stärker könnte der Kaiser nicht sein. Am Schluß des Briefes stand, den Magister Laurentius betreffend, noch das folgende:

„Du sollst aber auch wissen, daß wir deinen Boten, den Magister Laurentius, deswegen hierbehalten, damit, wenn irgendwie zwischen uns und dem Landgrafen eine Aussöhnung zustande kommt, wir dich durch ihn benachrichtigen können."

Das war gut überlegt. Aufgesetzt war der Brief zu Weißensee, den 30. Juli 1212. Der Patriarch las den Brief nochmals. Dann legte er ihn wohlgefällig auf sein Schreibpult. Bevor er den Boten entließ, stellte er ihm noch einige Fragen. Wie die Hochzeit vonstatten ging? Wie weit es mit der Belagerung von Weißensee stand? Was der Kaiser als Weiteres zu tun gedenke?

Was Wolfger von Aquileija zu diesem Zeitpunkt noch nicht wissen konnte war, daß das Schicksal, daß der Lauf der Geschichte eine völlig andere Richtung eingeschlagen und sich alles ins Gegenteil verkehrt hatte.

Gunzelin und Laurentius

Nachdem sie sich also in die Burg zurückgezogen, bereiteten sie sich den Belagerern Widerstand zu leisten.

Der Landgraf aber, nachdem er den Vertrag und die Bedingung vernommen, gab den Belagerten, was im Augenblick und bei der bedrängten Lage möglich war, und versprach ihnen reichliche Vergeltung für ihre Anstrengung.

Als dies Otto vernahm, murrte er, rühmte sich laut, daß eine Menge Streiter zugegen seien, und nachdem jenes teuflische Werkzeug hergestellt war, warf er Steine von außerordentlicher Größe und trachtete eifrig die Burg zu zerstören.

Chronik von Sankt Peter zu Erfurt

Um die Wende in der Belagerung herbeizuführen, hatte der kaiserliche Feldherr unter stetem Beschuß einen Teil des östlichen Ringgrabens der Burg Weißensee zufüllen und an das Osttor einen Widder mit scharfer Eisenspitze heranschieben lassen. Es selbst stand in der vordersten Reihe und trieb die Kriegsknechte unbarmherzig an. Gunzelin von Wolfenbüttel, angespornt vom Ehrgeiz, hatte alle Warnungen in den Wind geschlagen. Er vertraute auf sein Glück und seine Rüstung. Es war ein Stein von der Größe eines Kindskopfes, abgefeuert von einem kleinen Katapult, der den Feldherrn fällte. Gunzelin, der nur einen spitzen Eisenhut trug, wurde schwer an der Stirn verletzt. Auch die Narbe, die er nach seinem Sturz vom Pferd beim Angriff auf die Eskorte des Landgrafen zurückbehalten hatte, platzte wieder auf.

Sofort war sein Gesicht blutüberströmt, seine Leibwache fassungslos. Sogleich zogen sie den Zusammengebrochenen hinter die Linien. Noch auf dem Weg entledigten sie ihn seines Kettenhemdes, um zu sehen, ob er nicht auch an anderen Stellen verletzt war. Von den Ärzten glaubte keiner, daß er es überleben würde. Aber der Wolfenbütteler führte nicht nur den Wolf im Wappen, er besaß auch dessen Zähigkeit. Schon nach zwei Tagen erwachte er aus seiner Bewußtlosigkeit. Die Schmerzen behielt er länger. Trotzdem rief der Feldherr unverzüglich nach seinem Knappen, um Hilfe beim Anlegen des Kettenhemdes zu haben. Er wollte die Mannschaften wieder selbst in den Kampf führen.

Ein zu lange ausgestreckt liegender Feldherr wirkte auf die Kampfeslust der Soldaten zersetzend. Außerdem ließ der Kaiser jeden Tag nach seinem Wohlbefinden fragen, und ihm war dabei nicht entgangen, daß die Gesichter der Pagen von Tag zu Tag länger wurden, ein warnendes Zeichen für den wachsenden Unmut des Kaisers. Zwar glaubte er nicht, daß ihn der Kaiser von seiner Position abberufen würde, aber Vorsicht war immer geboten. Es mangelte nicht an fähigen und vor allem jüngeren Männern. Gerade jetzt, wo so viele Ritter und auch Dienstmannen des Reiches das Heer verließen, gab es nicht wenige, die diese desolate Situation ausnützten, sich dem Kaiser anbiedern wollten, entschlossen, Ämter an sich zu reißen und Pfründe abzuschöpfen.

Gunzelin von Wolfenbüttel stöhnte. Ein Knappe hatte das Kettenhemd zu fest gezogen. In diesem Augenblick trat der Magister Laurentius ein. Mit den Worten: „Ich freue mich, daß es euch besser geht“, grüßte der Magister den Feldherrn.

„Was führt euch zu mir?“ fragte dieser in barschem Ton. Dem Wolfenbütteler mißfiel, daß er vom Vertrauten des Patriarchen in einer Situation aufgesucht wurde, die ihn geschwächt zeigte. Deshalb biß er die Zähne zusammen und versuchte, das schmerzverzerrte Gesicht zu verbergen, indem er sich abrupt zur Seite wandte und dabei die Knappen anschrie, daß sie das Zelt verlassen sollten.

„... und führt mir mein Schlachtroß vor!“

Doch einen Magister Laurentius konnte er nicht täuschen. Seine Verstellkunst war zu gering. Gunzelins schmerzvolles Gesicht wandelte sich zu einer abschreckenden, furchteinflößenden Fratze, ähnlich denen, die man an manchen imposanten Kirchenbauten findet, von Bildhauern geschaffen, das Böse zu verjagen. Laurentius, um die Abneigung wissend, die dieser kriegerische Mann gegen Pfaffen und speziell gegen ihn selbst hegte, tat, als gewahrte er diese offene Ablehnung nicht. Stattdessen setzte er eine wohlmeinende Miene auf und sagte:

„Sehr gern wiederhole ich es noch einmal, wenn ihr es nicht verstanden habt. Ich freue mich, daß es euch besser geht!“

„Mmh“, brummte der Feldherr verdrießlich.

„Ich habe euch verstanden. Doch sagt mir endlich, was ihr wollt.“ Der letzte Satz klang zu ablehnend. Gunzelin, ob er es wollte oder nicht, mußte diesem Pfaffen die nötige Ehre zollen, immerhin war er ein Vertrauter des Patriarchen Wolfger, eines seiner wichtigen Verbündeten, und diente mittlerweile dem Kaiser als Notarius.

Um sich von diesem Fuchs keine rhetorische Spitze ob seines Benehmens einzufangen, schob er zähneknirschend, aber immerhin freundlicher, hinterher:

„Wie ich euch kenne, ist euer Besuch nicht nur meiner Verletzung zuzuschreiben."

„Das habt ihr richtig bemerkt."

Gunzelin schluckte. Elender Pfaffe.

„Sprecht schon, ich muß ins Feld."

„Es liegt an euch, ob unser Gespräch lange währt", antwortete Laurentius und begann sich mit vorgeschobener Neugier im Zelt des Feldherrn umzusehen, dabei die Waffen, die an der Zeltwand lehnten, auf ihr Gewicht prüfend, fest von Gunzelins Augenpaar gefolgt.

„Wie lange seid ihr eigentlich schon Bannerträger und Feldherr des Kaisers? Es sind bestimmt schon einige Jahre?"

Laurentius machte eine Pause, um den Feldherrn antworten zu lassen.

„Lange genug", sagte dieser.

„Ich weiß. Und habt ihr je einen Feind gehabt, den ihr ernstlich fürchten mußtet?"

Gunzelin, den Sinn dieses Spielchens nicht recht begreifend, antwortete grimmig:

„Ich fürchtete und fürchte niemand. Es gab nur einen Mann, der mir Respekt einflößte, und das war ..."

„Heinrich von Kalden, der Marschall Philipps von Schwaben. Ihr seht, ich kenne euren ärgsten Widersacher. Der Patriarch zum Beispiel ..."

„Was soll das?"

Laurentius, sich nicht unterbrechen lassend, fuhr fort:

„Der Patriarch zum Beispiel hat in Innocenz seinen Widersacher. Und wißt ihr, wer der Widersacher des Kaisers ist?"

„Wollt ihr mit mir ein Spiel spielen?"

„Nein!"

Laurentius Stimme wurde hart.

„Wißt ihr es? Kennt ihr den Widersacher des Kaisers?"

„Natürlich kenne ich ihn. Es ist der Teufel Innocenz."

„Nein! Nicht Innocenz! Das Kind aus Apulien ist des Kaisers Widersacher."

„Ihr redet Unsinn! Wie kann der kleine Staufer unserem Kaiser ein Widersacher sein? Ein Kind!"

„Dieses Kind ist nach Deutschland unterwegs und die, die uns in jeder Nacht heimlich verlassen, strömen ihm mit fliegenden Fahnen zu."

„Verräter. Elende Verräter, die wir bei nächster Gelegenheit aufhängen werden."

„Verräter mit Schwertern. Und es werden immer mehr."

„Was wollt ihr eigentlich, Magister Laurentius?"

Der so direkt Gefragte wandte sich von den Waffen ab. Der Tragweite dessen bewußt, was er jetzt dem Feldherrn zu sagen hatte, baute er sich nahe vor diesem auf, so nahe, daß beide Männer ihre Falten hätten zählen können, so nahe, daß sie sich in ihren silbrigen Augenrändern hätten spiegeln können.

„Sprecht!" forderte der Wolfenbütteler bestimmt. Laurentius wartete einen Augenblick, dann begann er, fast protokollarisch:

„Vor einigen Stunden hatte ich eine längere Unterredung mit dem Erzkanzler. Auch die Grafen von Schwerin, Dassel und Görz waren anwesend. Man kam überein, die Belagerung abzubrechen." Weiter kam er nicht.

„Die Belagerung abbrechen? Pfaffe, wißt ihr, was ihr sagt?"

Der Magister nickte. Es war ein bedeutungsvolles Nicken.

„Das ist Verrat!"

„Nein! Kein Verrat! Strategie! Verraten wird der Kaiser von seinen Rittern, die in jeder Nacht in Scharen das Heer verlassen!" Gunzelin von Wolfenbüttel biß sich betreten auf die Lippen. Es stimmte, was der Pfaffe sagte. Jeden Tag hatten ihm seine Knappen von den verheerenden Desertionen berichtet.

„Was sagt der Kaiser dazu?"

„Er lehnt ab!"

„Aus gutem Grund! Mit dem Fall dieser Feste bringen wir ganz Thüringen unter die Krone."

„Diese Burg wird niemals fallen."

Des Magisters Worte klangen so überzeugend, daß jeder heimliche Zuhörer sich die Frage hätte stellen müssen, wer denn eigentlich der Stratege war.

Gunzelin, kriegserfahren wie kein zweiter in diesem Heer, mußte dem Magister und den anderen Herren in gewissen Punkten recht geben. Das Kind von Apulien war noch nicht besiegt. Zwar hatte man kurz davor gestanden, dann aber kam diese hinterhältige Verschwörung der Fürsten und machte seine Unterwerfung zunichte. Tatsächlich war es so, daß man sich in einen Zweifrontenkrieg verstrickte.

„Seid nicht wirklichkeitsfremd, Feldherr. Die Schwaben und Bayern sind schon abgezogen. Täglich verlassen uns weitere Ritter. Selbst Dienstmannen des Reiches. Unsere Verluste, und damit meine ich nicht nur die Abgefallenen, gehen in die Tausende.

Wenn wir hier nicht rechtzeitig abrücken, wird der Kaiser kein Heer mehr haben. Kein Mann wird ihm mehr zur Verfügung stehen, das Kind von Apulien zu vertreiben."

„Wegen eines Kindes den schon gewonnenen Kampf aufgeben?"

„Wegen eines staufischen Königs ein unsinniges Unternehmen abbrechen!"

Gunzelin von Wolfenbüttel trat einen Schritt zurück.

Laurentius, fast schon beschwörend, sprach weiter:

„Wir dürfen diese Gefahr, auch wenn sie uns als solche angesichts unserer militärischen Stärke nicht sonderlich erscheint, nicht unterschätzen."

Gunzelin schüttelte ungläubig den Kopf.

„Der Kaiser wird von Weißensee nicht eher abziehen, als bis diese Burg erobert ist."

„Wenn ihr, als Feldherr, mit ihm sprecht, ihm die Gefahren aufzeigt, die in einer weiteren Belagerung liegen, ihm aber auch die Möglichkeiten eröffnet, die wir mit einem schnellen Abrücken an den Bodensee haben, um das Kind von Apulien endgültig zu vernichten, wird er einwilligen."

Müdigkeit, eine unsägliche Müdigkeit überkam den Feldherrn.

Fast nebenbei sagte er:

„Ich werde mit ihm reden."

Das, was der Magister noch zu ihm sagte, bevor dieser das Zelt verließ, hörte er nicht mehr. Noch nie in seinem Leben hatte er solch eine Niederlage hinnehmen müssen. Stets hatte er das kaiserliche Banner geführt, stolz und siegreich im Winde wehend.

Nun lag es am Boden. Zerbrochen und beschmutzt. Seine Wunde begann erneut zu bluten, als wäre es ein Zeichen. Kraftlos erhob er sich, gürtete sein Schwert, bereit, die Bürde zu tragen.

Laurentius und die übrigen Fürsten und Hofbeamten sollten in Gunzelin den richtigen Mann gefunden haben.

Der Alptraum des Kaisers

Der Tag war kalt und stürmisch, die Belagerung eingeschlafen.

Der Kaiser hatte sich in sein Zelt zurückgezogen und versuchte nachzudenken.

Mit Markgraf Albrecht von Brandenburg hatte er vor zwei Tagen einen Geheimvertrag geschlossen, bei dessen Abschluß nur wenige Grafen anwesend waren.

Der Brandenburger gelobte, ihm gegen jedermann in Sachsen und Thüringen beizustehen.

Der Kaiser selbst versprach dem Markgrafen, bei seinen Auseinandersetzungen mit den Dänen und Slawen behilflich zu sein. Durch diesen Vertrag band er Markgraf Albrecht fest an sich, brauchte er doch dessen militärische Unterstützung, gerade jetzt, wo sein Heer zu schrumpfen begann.

Otto, obwohl von sich selbst eingenommen, war niedergeschlagen. Vor einigen Wochen, als die Nachricht an seinen Hof gedrungen war, daß der junge Friedrich Roger nach Deutschland unterwegs sei, hatte er lauthals vor allen Fürsten gerufen:

„Hört euch die Märe an, der Pfaffenkaiser kommt und will mich vertreiben!"

Damals hatte er fürchterlich gelacht, angesichts der Heeresstärke, die er vor Weißensee konzentrierte.

Jedesmal, wenn der Kaiser in solcher Stimmung war, erinnerte er sich jenes schrecklichen Alptraumes, der ihm in vielen Nächten den Schlaf raubte ...

Der kleine Bär wirkte anfänglich nicht gefährlich, doch je mehr er sich Ottos Lager näherte, wurde er größer und größer, bedrohlich und gefährlich bis er den Kaiser vertrieb.

Die Astrologen konnten diesen Traum nicht deuten und wollten ihn auch nicht deuten.

Otto kam schnell selbst darauf, daß sich hinter dem kleinen Bären das Kind von Apulien verbarg. Doch er würde es nicht zulassen, daß der kleine, staufische Bär größer würde, obschon die Zeichen ungünstig standen.

Abumasar, der Astrologe des Kaisers, hatte Düsteres vorausgesagt. Er zog seine Erkenntnisse aus der Stellung des Saturn, der als Bringer von Unglück und Sorge schon von den Astrologen des Altertums infortuna maior, das große Unglück genannt wurde. Saturn stand in diesen Tagen im Zeichen des Stieres. In schlechter Stellung verursachte er den frühen Tod der Ehehälfte, Verrat, finanzielle Sorgen und heimliche Gegner.

Jedoch nicht nur die Sternenkonstellation zeigte Verrat an.

Ottos Blick fiel auf einen Wappenkasten*, den er vor drei Jahren aus Anlaß der Gründung einer ritterlichen Vereinigung, zu der dreiunddreißig Ritter zählten, hatte anfertigen lassen.

Der Kasten war oval und beinhaltete die Statuten der Vereinigung. Auf ihm waren die Wappen aller Ritter aufgemalt, auch das des Landgrafen von Thüringen.

Otto biß sich auf die Lippen.

Falls es seinem Heere doch noch gelingen sollte, Weißensee zu erobern, würde er Hermann strafen. Der Kaiser erhob sich, um zu sehen, wie die Belagerung voranging. Als er aus dem Zelt trat, stand Gunzelin, sein Bannerträger, vor ihm.

„Was ist mit euch? Ihr seht niedergeschlagen aus."

---

*Der Wappenkasten des Kaisers befindet sich heute im Quedlinburger Domschatz.

„Es geht mir gut, mein Kaiser. Ich würde nur gern mit euch sprechen. Im Zelt, wenn möglich."

„Warum tut ihr so geheimnisvoll, Gunzelin. Laß uns das Heer inspizieren und nebenbei reden. Die Belagerung scheint mir … Es muß wieder gekämpft werden."

„Mein Kaiser, ich …"

Gunzelin hörte mitten im Satz auf. Der Kaiser schaute zum Triboc. Man spannte ihn gerade wieder.

„Wann werden wir endlich diese Mauer zerschmettern?"

Niemals, dachte der Wolfenbütteler, sie haben die Mauer während der Verhandlungspause massiv verstärkt. Es würde mindestens zwei Wochen dauern, und bis dahin hätte das apulische Kind den Südwesten des Reiches unter seiner Kontrolle.

„Mein Kaiser, ich bitte euch. Wir müssen über unser weiteres Vorgehen beraten."

„Gut. Gut. Gehen wir in mein Zelt."

Gunzelin von Wolfenbüttel war der ältere von beiden, weshalb der Kaiser ihm Respekt zollte. Der Erzkanzler und die anderen Fürsten hatten dies wohl abgewägt.

Der Kaiser vertraute in strategischen Belangen seinem Bannerträger ganz und gar, hatte der Wolfenbütteler ihm doch schon so manchen guten Rat gegeben.

„Unser weiteres Vorgehen wollt ihr mit mir besprechen? Nun, ich dachte, wir nehmen dieses Raubnest ein und ziehen dann hinunter an den Bodensee, um diesem Apulier den Weg in unser Reich zu versperren und so Gott will … ihn gefangenzusetzen."

„Die Lage ist angespannt, mein Kaiser. Wie mir zu Ohren kam, ist das Kind von Apulien bereits auf dem Weg nach Konstanz und schart täglich neue Streiter um sich. Es ist nicht ausgeschlossen, daß er bald über ein starkes Heer oder mindestens ein starkes Heer von Anhängern verfügt. Wir sollten ihm schnellstmöglich entgegenziehen."

Gunzelin hatte mit keiner Silbe den Abbruch der Belagerung erwähnt. Er wartete auf die Frage des Kaisers danach, die prompt folgte.

„Und die Belagerung? Sollen wir sie abbrechen? Jetzt, wo wir Weißensee fast haben? Gunzelin, ich kann euren Gedankengängen nicht folgen."

Gunzelin von Wolfenbüttel atmete tief durch. Es kostete ihn große Überwindung.

„Mein Kaiser, die Belagerung hat sich festgefahren. Wenn wir diese Burg einnehmen wollen, brauchen wir dazu weitere zwei volle Wochen. Diese Zeit haben wir nicht. Wir sollten aus strategischen Gründen unsere Zelte hier abbrechen und so schnell es geht nach Konstanz ziehen. Kommen wir dort zu spät und dem Staufer wird der Einzug gewährt, verlieren wir eine wichtige Bastion und erleichtern dem Feind das Sammeln von Kräften. Hermann von Thüringen läuft uns nicht weg. Den kriegen wir später."

„Gunzelin, wir stehen kurz vor dem Fall dieser Feste! Haben wir umsonst so viele Ritter verloren? Haben wir umsonst den Triboc hierhergeschafft?"

„Nein, mein Kaiser, nichts war umsonst. Hermann von Thüringen hat eure Macht zu spüren bekommen. Es wäre aber fatal, würden wir aus falscher Eitelkeit größere Gefahren außer aller Acht lassen. Ich bin fest davon überzeugt, daß der Staufer ein viel gefährlicherer Feind ist. Und diesen gilt es abzuwehren. Wir können getrost Abteilungen in Nordhausen und Mühlhausen stationieren, die dem Thüringer weiterhin das Leben schwer machen. Aber die Hauptarmee muß an den Bodensee verlegt werden."

„Es ist für mich eine Schande, hier abzurücken."

Gunzelin empfand dies ebenso, allein der Verstand gab den Fürsten und dem Pfaffen Laurentius recht.

„Die Geschichtsbücher werden unseren Zug danach beurteilen, ob wir erfolgreich waren. Es wird in den Annalen stehen, ob wir Sieger waren oder Besiegte. Nicht, ob wir taktierten."

Der Kaiser strich sich über seinen Bart.

„Ist es so ernst?"

„Wir haben schwerere Stunden hinter uns. Das Heer ist beileibe noch nicht auseinandergelaufen. Und wenn wir das Kind von Apulien aufgreifen, ist wieder alles offen! Bin gespannt, welchen Gegner uns Innocenz dann erwachsen läßt. Aber erst einmal sollten wir die Belagerung Weißensees abbrechen."

Otto war an diesem Tag nicht der Streitbarste. Er würde sich auf den Bannerträger verlassen. Gunzelin von Wolfenbüttel genoß unbedingt sein engstes Vertrauen. Dieser Mann war die Quelle seines Erfolges.

„Dapifer, befehlt den Abzug. Schickt die Quartiermeister und Köche nach Konstanz. Stationiert Truppen in Nordhausen und Mühlhausen. Zahlt die Ritter und Söldner aus. Laßt einen Brief an unseren Freund Wolfger aufsetzen und teilt ihm unseren Abzug nach Konstanz mit. Der Magister Laurentius soll ihn überbringen."

„Was geschieht mit dem Triboc?"

„Macht einen Vorschlag!"

„Wir sollten die welschen Antwerker nach Hause schicken und den Triboc ins Braunschweigische schaffen lassen. Es kann gut möglich sein, daß wir die Maschine gegen die Burgen des Anhaltiners einsetzen müssen."

„Veranlaßt das!"

Der Dapifer sah seinen Kaiser an.

„Verzagt nicht! Wir haben noch nie verzagt."

Otto, wieder Kraft schöpfend, stimmte nickend seinem Feldherrn zu.

„Ich bin der Kaiser."

„So ist es", sagte Gunzelin und verließ das Zelt.

Epilog

❧

Die Spur des Tribocs, jenes teuflischen Werkzeuges, kann genau verfolgt werden. Im Testament Kaiser Ottos wird eine Steinschleuder erwähnt, die auf der Burg Quedlinburg stand. Diese übergab er den Kreuzfahrern, die sich nach Livland auf den Weg machten. Dort kam sie, große Maschine genannt, vor einer Burg zum Einsatz. Bedienen konnte sie nur Herzog Albrecht von Sachsen, der treueste Fürst Kaiser Ottos. Auch hier hinterließ die Steinschleuder eine teuflische Wirkung, wie uns ein Chronist glaubhaft versichert. Keine Steinschleuder, die wir heute noch Blide nennen, hat die Jahrhunderte überdauert. Nur die gewaltigen Blidensteine zeugen von ihrem Einsatz. Die man in Weißensee gefunden hat, wiegen rund zwei Zentner.

Die Belagerung von Weißensee hatte sich tief ins Bewußtsein der Beteiligten eingeprägt, festgehalten in zahlreichen Jahrbüchern und Chroniken. Das bedeutendste Zeugnis jenes verlustreichen Kampfes ist aber ein Brief, den Papst Innocenz, geschrieben am 7. Juni 1213, an die Merseburger Diözese schickte. Darin bezeichnete er Otto, den Kaiser, das Schwert, welches er selbst geschmiedet hatte und das ihm harte Wunden schlug, als einen Drachen. Weiterhin bedauerte er die vielen, die beim Kampf um die Burg Weißensee für die Freiheit der Kirche ums Leben gekommen waren. Innocenz selbst konnte jedoch nicht mehr Ottos Niederlage beim Kampf um den Thron erleben. Er starb 1216 als gefürchtetster und mächtigster Papst des Mittelalters.

Kaiser Otto begab sich, nachdem er von Weißensee abgezogen war, ins Fränkische. Bereits am 5. September 1212 stellte er in Würzburg eine Urkunde aus. Schnell zog er weiter, um Konstanz zu erreichen und dem Gegenkönig Friedrich den Einritt in Deutschland zu verwehren.

Seine Köche hatten dort schon alles für den festlichen Empfang vorbereitet, als es zu jenem schicksalhaften Streit der Bischöfe vor den Toren der Stadt kam.

Denn fast zeitgleich erschien Friedrich Roger vor den Mauern von Konstanz und erbat Einlaß.

Der dortige Bischof aber hielt ihm die Tore verschlossen und ließ keinen Zweifel daran, nur dem rechtmäßigen Kaiser zu öffnen.

Als dann der Bischof von Chur und der Abt von Sankt Gallen vortraten und sich für das Kind von Apulien einsetzten, geschah nichts. Erst der päpstliche Legat Berard, der Erzbischof von Bari, vermochte den Konstanzer Bischof umzustimmen. Berard hatte ihm nämlich verkünden lassen, daß Otto gebannt und als nicht rechtmäßiger Kaiser abgesetzt sei.

Nun wurden Friedrich die Tore geöffnet und Ottos Köche und Quartiermeister aus der Stadt gejagt.

Wäre Friedrich nur wenige Zeit später gekommen, so hätte er niemals in Deutschland Fuß gefaßt. Der abgesetzte Kaiser stand zu dieser Zeit in Überlingen am Bodensee und wartete auf die Fährschiffe zur Überfahrt. Wie er vor Konstanz erschien, blieben die Tore geschlossen. Sein Alptraum hatte sich bewahrheitet.

Der einst kleine und immer größer werdende Bär hatte ihn vom Lager gedrängt.

Nachdem der Kaiser im Jahre 1214 die entscheidende Schlacht bei Bouvines verloren hatte, sank sein Stern unaufhörlich. Bedeutungslos starb er vier Jahre danach auf der Harzburg.

Friedrich Roger gewann in den folgenden Jahren geschwind an

Macht. Er sollte nicht minder berühmt werden wie sein Großvater, Kaiser Friedrich Barbarossa.

Landgraf Hermann weilte im Dezember des Jahres 1212 auf einem Hoftag des jungen Königs in Speyer. Bereits im folgenden Jahr empfing der König ihn selbst in Begleitung von 500 Rittern, eine Ehre, die dem Landgrafen von Thüringen zukam.

Hermann wird wohl wegen seiner Treue reichlich belohnt worden sein. Man sagt, er erhielt viel französisches Geld. Sein Ende allerdings war weniger schön. Die geistige Krankheit des Fürsten griff immer weiter um sich, so daß sich seine Söhne entschlossen, ihn abzusetzen und auf die Burg Gotha abzuschieben. Hier starb der freizügige Mäzen in geistiger Umnachtung 1217.

Wäre noch zu berichten, wie es dem gefürchteten Feldherrn Gunzelin erging. Nach dem Tod des Kaisers zog er sich in seine sächsischen Stammlande zurück. Wolfenbüttel und etwa zwanzig größere und kleinere Burgen, die er sein eigen nennen konnte, leisteten unter seiner Führung noch jahrelang Widerstand gegen den neuen König. Aber die Kraft des treuen welfischen Gefolgsmannes ließ mit der Zeit nach, und Burg um Burg fiel. Schließlich gab er auf und unterwarf sich auf Gnade und Ungnade dem Staufer. Er starb in hohem Alter und mit grimmigem Herzen.

Die Schicksale all der anderen aber, die uns beim Kampf um Weißensee noch begegnet sind, die treu ihren Mann standen, oder auch nicht, ob für oder wider, oder gar nicht, bleiben im dunkeln, einer Zeit geschuldet, die solches aufzuschreiben noch nicht für würdig befand.

Personenregister

❧

Alle hier aufgeführten Personen sind urkundlich bzw. chronikalisch bezeugt.

Auf seiten des Kaisers:

Patriarch Wolfger von Aquileija
Bischof Hartbert von Hildesheim
Bischof Friedrich von Halberstadt
Herzog Otto von Sachsen
Herzog Ludwig von Bayern
Herzog Otto von Meran
Markgraf Dietrich von Meißen
Markgraf Albrecht von Brandenburg
Graf Meinhard von Görz
Graf Adolf von Dassel
Graf Heinrich von Stolberg
Graf Heinrich von Schwerin
Graf Friedrich von Beichlingen
Kanzler Konrad von Scherfenberg
Dapifer Gunzelin von Wolfenbüttel
Magister Laurentius

Auf seiten des Landgrafen:

Graf Heinrich von Aschersleben/Ascharion
Graf Günther von Schwarzburg
Graf Meinhard von Mühlberg
Schenk Walther von Vargula
Kämmerer Konrad von Fahner
Truchseß Günther von Schlotheim
Marschall Heinrich von Ebersberg
Markmeister Helmerich von Weißensee
Notar Heinrich von Weißensee
Rudolf von Bilzingsleben
Ludolf von Berlstedt
Eberher von Salza / Weißensee
Heinrich von Eckartsburg
Friedrich von Rodleberode
Dietrich von Röllhausen
Walther von Tennstedt
Heinrich von Heldrungen
Heinrich von Gebesee

Worterklärungen

Agleier | mittelalterliche Silbermünze, Verbreitungsgebiet Norditalien, seit 1147 von den Patriarchen von Aquileija geprägt

Antwerker | mittelhochdeutsch: Handwerker, die die Belagerungsmaschinen bedienten

Arkaden | rundbogige Fenster

Askanier | Geschlechtername für eine am Nordostharz begüterte Dynastie, die aus der Latinisierung des Namens ihres Burgsitzes Aschersleben (Ascharion) sowie späterhin als mythologisierende Antikisierung aus dem Namen Askanius (Sohn des Aeneas) als Askanier hervorgingen

Blide | Steinschleuder, Wurfmaschine, andere Bezeichnung für den Triboc

Bouvines, Schlacht bei | Ort in Nordfrankreich, wo deutsche und englische Ritter vom französischen König Philipp II August besiegt wurden

Dapifer	lateinisch: Truchseß, Feldherr, Bannerträger
Desertion	unerlaubtes Verlassen des Heeres
Gebende	Kopfschmuck
Katze	mittelhochdeutsch: bewegliche Schutzhütte für Belagerungsarbeiten wie das Unterhöhlen von Mauern oder Türmen
Konkubine	Frau, die ohne Eheschließung mit einem Mann in eheähnlicher Weise zusammenlebt; Gespielin
Landgraf	der Landgraf stand über den Grafen eines bestimmten Territoriums, er war Herzögen und Markgrafen gleichgestellt
Landgrafschaft	Gebiet, über das der Landgraf gewisse Rechte besaß
Lechfeld	Kampfplatz, Schlachtfeld
Magister	lateinisch: Meister, akademischer Titel
Mange	mittelhochdeutsch: Katapult, Wurfmaschine
Mark	Gewichtseinheit für Silber und Gold, ca. 250 Gramm

Marketenderin	Händlerin mit Waren für die Heeresversorgung
Notar	Amtsperson, deren Aufgabe die Herausgabe und Bewahrung amtlicher Dokumente an den Herrscherhöfen war (vgl. Protonotarius)
Onager	Wildesel, einarmiges Schleudergeschütz, das seinen Namen von römischen Legionären erhielt
Patriarchat von Aquileija	Bischofssitz seit 314 u. Z., Patriarchentitel, erstmals seit der Mitte des 6. Jahrhunderts nachweisbar
Pergament	Diente vor der Verbreitung des Papiers als Beschreibstoff, aus enthaarter, geschabter und geglätteter, aber nicht gegerbter Kalbshaut
Petraria	lateinisch: Steinschleuder, Vorläufer des Triboc
Podesta	italienisch: Bürgermeister
Protonotarius	lateinisch: erster Notar, Vorsteher einer Kanzlei
Reisige	mittelhochdeutsch: Kriegsknechte

Roch	im mittelalterlichen Schachspiel der Turm
St. Nikolausnacht	6. Dezember
Schachzabel	mittelhochdeutsch: Schach
Schenk	Hofamt, Verantwortlicher für die Tafel
Schultheiß	Vorsteher einer Gemeinde, später Bürgermeister genannt
Vae victis	lateinisch: Wehe den Besiegten!
Veneter	Einwohner von Venedig
Widder	Rammbock, Belagerungsmaschine, mit der man versuchte, Tore oder Mauern zu durchstoßen (einzurammen)

Zu den zitierten Chroniken und literarischen Stellen

৵

S. 6   Magdeburger Schöppenchronik, hrsg.
                von Janicke, K., in: Die Chroniken
                der deutschen Städte vom 14. bis zum
                16. Jahrhundert. Leipzig 1869, S. 136

S. 7   Das Leben der Heiligen Elisabeth, von
                einem unbekannten Dichter aus dem
                Anfang des 14. Jahrhunderts,
                hrsg. und übersetzt von Lemmer, M.
                Graz/Wien/Köln 1981, S. 7

S. 41:   Chronik von Sankt Peter zu Erfurt,
                hrsg. und übersetzt von Grandaur, G.,
                in: Die Geschichtsschreiber der
                deutschen Vorzeit. Berlin 1893,
                S. 71 f

S. 49:   Düringsche Chronik des Johann Rothe,
                hrsg. v. Liliencron, R. v., in:
                Thüringische Geschichtsquellen.
                Bd. 3. Jena 1859, S. 326 f

S. 75:   Walther von der Vogelweide,
          aus: „der Durnge bluome schînet dur den
          snê". Übersetzung von Manfred Lemmer,
          in: Thüringen und die deutsche Literatur
          des hohen Mittelalters.
          Eisenach 1981, S. 87

S. 97/98: Heinrich von Veldecke, Eneasroman,
          Übersetzung von Dieter Kartschoke,
          Stuttgart 1989, S. 361

S. 117:   Chronik von Sankt Peter zu Erfurt,
          ebenda, S. 72 f

S. 118:   Heinrich von Veldeke, Eneasroman,
          ebenda, S. 365

S. 125:   Walther von der Vogelweide,
          Gedichte, Übersetzung von Hubert Witt.
          Berlin 1984, S. 235

S. 135:   Chronik von Sankt Peter zu Erfurt,
          ebenda, S. 73